COLLECTION FOLIO

Astrid Éliard

Les bourgeoises

Mercure de France

Astrid Éliard est née en 1981. Après avoir été journaliste, elle est aujourd'hui enseignante. Elle a reçu le Grand Prix SGDL de la nouvelle pour *Nuits de noces*, le prix Marcel Pagnol pour *Danser* et le prix des Lycéens Folio pour *La dernière fois que j'ai vu Adèle*.

À Vincent

« Parce que l'idéal de la femme blanche, séduisante mais pas pute, bien mariée mais pas effacée, travaillant mais sans trop réussir, pour ne pas écraser son homme, mince mais pas névrosée par la nourriture, restant indéfiniment jeune sans se faire défigurer par les chirurgiens de l'esthétique, maman épanouie mais pas accaparée par les couches et les devoirs d'école, bonne maîtresse de maison mais pas bonniche traditionnelle, cultivée mais moins qu'un homme, cette femme blanche heureuse qu'on nous brandit tout le temps sous le nez, celle à laquelle on devrait faire l'effort de ressembler, à part qu'elle a l'air de beaucoup s'emmerder pour pas grand-chose, de toute façon je ne l'ai jamais croisée, nulle part. Je crois bien qu'elle n'existe pas. »

VIRGINIE DESPENTES
King Kong Théorie

La migration des crabes

Je ne sais plus d'où venait cette bouteille de champagne – si on l'avait achetée, si on nous l'avait offerte –, toujours est-il qu'elle est restée des semaines, des mois, dans la porte du frigo. On attendait une bonne occasion pour la boire et il faut bien dire qu'elles ne se bousculaient pas. Jusqu'au jour où Tewfik est rentré du travail, excité comme s'il avait tiré le ticket doré dans une des barres de chocolat de Willy Wonka. On lui proposait « une expat' de rêve ». Une promotion aussi soudaine, aussi rapide, franchement, ça s'était jamais vu ; il y avait des mecs qui attendaient depuis des lustres qu'on leur fasse une telle offre. Lui, il débarquait et il décrochait la timbale. L'enthousiasme de Tewfik m'a gagnée ce soir-là ; on a descendu la bouteille, qu'on a bue sur un festin improvisé de Babybel et d'une laitue à moitié fanée. Quand on s'est couchés, la tête me tournait délicieusement et j'avais les joues encore chaudes de notre conversation animée, plusieurs heures à imaginer les gratte-ciel bleus du désert. Trente fois dans la soirée, nos coupes s'étaient entrechoquées :

— À Dubaï.

— À Dubaï.

C'était la meilleure chose qui pouvait nous arriver.

Ça faisait presque un an qu'on s'était installés à Clermont-Ferrand, une ville moyenne, aimable, de province, dans un appartement que sa surface – 120 mètres carrés pour deux personnes habituées à vivre dans une pièce et demi – avait failli disqualifier. Sur l'autoroute, on avait suivi le plus petit camion de déménagement qui soit, dans lequel était entré à l'aise tout ce qu'on possédait – en gros, un canapé, un lit, une télévision, un fauteuil et un four micro-ondes – et voilà qu'il nous fallait meubler deux chambres d'ami, habiller de rideaux huit fenêtres, sans parler des ampoules pour les luminaires… Dans une seule des chambres d'appoint, on aurait pu loger une famille entière. On y a entreposé ma collection d'« outils inutiles » : une cuiller en pierre ponce, un tournevis sans manche, un pommeau de douche non perforé, un rouleau à pâtisserie à la surface accidentée et quelques-unes de mes œuvres de jeunesse, copies de Léonard de Vinci et faux Soulages dont j'inondais mes amis à leurs anniversaires à une époque stupide où je disais vouloir « être Soulages ou rien ». La pièce résonnait tellement qu'on pouvait presque entendre l'écho de son propre souffle quand on y pénétrait. Ça m'a inspiré un dessin que j'ai placardé sur la porte, un fantôme joufflu et souriant avec cette inscription : « chambre d'ami inhospitalière et hantée ».

L'autre chambre est restée vide. On la réservait à notre futur bébé. C'est ce qu'on se disait, Tewfik et moi, d'abord avec légèreté, puis avec une discrétion qui a fini par nous crisper. J'ai alors fait une fixette sur la bouteille de champagne, symbole d'un destin avare qui faisait de la rétention d'heureux événements et puis une autre sur les deux flèches noires de la cathédrale de Clermont qui dépassaient des toits et remplissaient anormalement mes journées. Je passais des heures à les regarder dans la brume, dans le soleil ou la nuit, et à les dessiner, me demandant ce que j'étais venue foutre ici, incapable de la patience dont ma gynécologue me demandait de faire preuve et pas vraiment convaincue par l'idée défendue par mes proches, Tewfik en tête, qu'un enfant était le chaînon manquant à ma vie incomplète.

À Paris, j'occupais un poste de commerciale dans une galerie d'art de la première moitié du XXe siècle. Je travaillais pour des clients richissimes qui « oubliaient » assez souvent d'honorer nos factures et sous les ordres d'un patron, un débris de l'ancien monde qui revendiquait de ne pouvoir travailler qu'avec des femmes (en jupe).

Jusqu'à ce qu'on lui mette le Défenseur des droits sur le dos. Après ça, il a fermé sa gueule. Mais il a continué de mater.

C'était plutôt une aubaine de déménager et de quitter ce boulot, une foule de projets m'attendaient : développer une activité de graphiste et styliste, faire une formation de céramiste… mais les choses sont toujours plus compliquées qu'on ne l'imagine, et je me suis retrouvée coincée entre une bouteille de champagne et les flèches d'une cathédrale.

Tewfik travaillait comme une brute, soirs et week-ends. Dans son équipe de Data Analysts, c'était la course à qui oserait le mail le plus tardif. Le record culminait à 3 heures du matin. Mais on prétendait que ça ne comptait pas, car le message avait été envoyé depuis Bangkok. Je trouvais ça grotesque, et, souvent, agacée, je lui lançais : « Alors, qui a la plus grosse à la DSI ? » Tewfik haussait les épaules, il disait que ça ne durerait pas, qu'il fallait faire bonne figure – et *s'intégrer*. C'était son grand mot, ça, la devise de son enfance qui le poursuivait jusque dans l'âge adulte. Son père ne s'est jamais remis d'avoir cédé à sa femme pour le prénom de Tewfik. Lui aurait aimé Thomas. Il s'en mord encore les doigts.

Tewfik est le genre de garçon qui rit avec une sincère bienveillance aux mauvaises blagues des gens, et les met à l'aise, toujours, avec une simplicité déconcertante. Il peut lire et parler à l'envers, ce qui ne lui servirait à rien s'il ne vouait une passion aux contrepèteries et à tous ces jeux de mots arithmétiques, anagrammes, etc. À part ça, il est complètement dénué d'adresse. Il ne sait pas faire un paquet cadeau, monter un meuble Ikea, à peine remettre les plombs quand ils ont sauté. Mais en cas de petite catastrophe domestique – panne, inondation – il est le premier à se mettre en branle, monter et descendre chez les voisins, toquer aux portes, retrousser ses manches. J'essaie d'avoir un regard à peu près détaché tandis que je dresse son portrait – ce qui est impossible, on est bien d'accord – mais je crois que je serai juste si je dis qu'il est la personne la plus sociable du monde et que rien ne lui fait plus de peine que de se sentir rejeté.

Dans une entreprise qui emploie plus de cent mille employés dans le monde, il a fallu que Tewfik tombe sur le service dans lequel il était voué à déparer. Le seul Arabe, le seul qui n'ait fait qu'une *petite* école de commerce au milieu de Blancs, diplômés d'HEC ou de l'ESSEC et catholiques. Quand je dis « catholiques », je ne parle pas de ceux au milieu desquels j'ai grandi, de simples croyants qui s'en remettaient au crucifix au-dessus de leur lit et à quelques gris-gris inoffensifs, comme des médailles de la Vierge miraculeuse que ma mère cousait sur les bretelles de ses soutiens-gorges (en dehors de ça, on peut dire qu'elle nous foutait la paix avec son petit Jésus). Non, je veux parler de gens qui tirent un pouvoir social considérable de la fréquentation d'une église. Dans le service de Tewfik, on disait que si tu allais à la messe à Sainte-Claire, tu n'avais pas de souci à te faire. Le patron t'aurait à la bonne.

On s'en amusait, les premiers temps, et je me régalais des histoires que Tewfik rapportait du boulot :

— Imagine des gens qui ont cinq enfants. D'abord une fille. Comme ce sont de bons catholiques, ils l'appellent Marie-Camille. Une autre fille vient ensuite : Marie-Gabrielle. Puis une troisième, et une quatrième, et c'est pas qu'ils sont à court d'idée, mais ils pensent que Marie-Clotilde et Marie-Joséphine ça sonnera hyper bien.

— Et le petit dernier alors ?

— C'est mon boss. On l'appelle Pierre. Mais en vrai c'est Pierre-*Marie*.

— Tu plaisantes ??

Pendant plusieurs semaines, Tewfik a dû reprendre gentiment, patiemment, les collègues qui l'appelaient Téfik ou Tioufik. « C'est Toufic », les corrigeait-il et il ne manquait jamais de s'installer un trouble entre eux, comme si, subitement, il avait échangé son costume bleu marine et ses chaussures lustrées contre une djellabah, un fez et un chameau au bout d'une laisse. Pour le coup, ça ne l'amusait plus du tout. Il disait avoir de la peine pour son père plus que pour lui-même, son père qui était parvenu à les hisser sur les marches de la bourgeoisie française et qui avait fourni tant d'efforts pour qu'au bout du compte on en arrive à cette opération impossible : on n'additionne pas les Blancs avec les Arabes. Il a cependant continué d'espérer qu'on cesserait de l'envisager comme une provenance. Et là, son optimisme s'est heurté à mon besoin quotidien d'indignation. Pour moi, il n'y avait pas à chicaner : ses collègues étaient racistes.

— Non, m'opposait-il avant même que je termine ma phrase et que son esprit aille au bout des images de guerre civile que lui inspirait ce mot. Ignorants peut-être, mais pas racistes.

— Le racisme naît de l'ignorance !

— C'est pas si méchant... Je les embarrasse, c'est tout ; ils s'imaginent des choses... des trucs comme le mouton qu'on égorge dans la baignoire, ce genre de choses...

— Ah oui, *nuance* : ils sont stupides en plus d'être racistes. Franchement, ils sortent d'où ces mecs bardés de diplômes, cadres dans une multinationale ? Alors ils ont jamais vu d'Arabe de leur vie ? Ils sont “embarrassés” par Tewfik Abdelhadi, né de Djamila et Hamid Abdelhadi ?

— Ce sont des gens qui restent entre eux.

— C'est justement ça le problème. Ils s'invitent à dîner, ils vont à la chasse ensemble, ils se voient à la messe et pendant ce temps-là, tu crois qu'ils beurrent les tartines ? Évidemment que non, ils prennent le pouvoir !

— Et voilà… on y est : la lutte des classes… Tu fais quoi pour la redistribution des richesses à part vivre de ton chômage-suivi-de-conjoint dans ton appart trop grand ?

— T'es dégueulasse de me dire ça !

— Tu te rends pas compte comme c'est épuisant de voir la vie comme tu le fais ! On est peut-être pas obligés de se battre, tout le temps, en permanence… ça fait du bien parfois d'arrondir les angles.

— En attendant, dès qu'il y a un projet un peu sympa qui passe, t'es pas dedans.

Vlan.

— C'est parce que je suis arrivé le dernier. Faut que je fasse mes preuves.

— Je ne suis pas sûre que ce soit une question de "preuves".

Re-vlan.

On s'est vite enfermés dans cette routine nerveuse : Tewfik prétendait que je voyais des racistes partout, moi je ne comprenais pas qu'il ne ressente aucune colère. Je le trouvais triste derrière ses blagues de façade, et sa tristesse est venue s'ajouter à la monotonie de mon cycle menstruel, à l'ennui de ne connaître personne dans cette ville, à mon incapacité de décrocher le moindre petit contrat de graphiste. Mais le pire restait à venir. Je serais malhonnête si je disais que ça nous est tombé dessus sans crier gare (ce qu'on dit souvent pour *le pire*), car je l'ai vu foncer sur nous aussi sûrement qu'il n'y a plus de neige à Noël. C'était dans l'ordre des choses, la suite logique après le déménagement, le poste à haut potentiel de Tewfik, l'appartement de 120 mètres carrés : on a engagé une femme de ménage.

Il y avait plein de bonnes raisons à cela. Tewfik en avait assez, chaque matin, de se lever quinze minutes plus tôt pour repasser sa chemise ; j'étais trop écrasée de tâches ménagères pour mener à bien mes recherches de boulot (c'était surtout lui qui le disait) ; et l'appartement était diablement grand. En fait, je n'avais qu'un argument à opposer, et encore, c'était pas un argument disait Tewfik, mais une *névrose* : je m'étais juré de ne jamais – JAMAIS – employer qui que ce soit pour le ménage, quand bien même je deviendrais riche ou Pierre Soulages et vivrais dans un palais de trois cents pièces.

Je l'ai compris adolescente, quand j'ai vu avec quel mépris les habitants d'un immeuble du 8e arrondissement parisien considéraient ma mère, « la concierge ». Moi qui étais sa fille, j'en profitais un peu, et on m'appelait « la petite concierge », comme si ce titre avait été mon prénom. Ce qui me frappait surtout, c'était la façon qu'ils avaient de communiquer avec ma mère : si elle était courbée au-dessus du sol en train de secouer un tapis, ils n'attendaient pas qu'elle se redresse et se retourne pour qu'ils soient face à face, ils parlaient à son dos voûté de problèmes de plomberie ou de colis à intercepter, et ça leur convenait.

Une fois, une coulée de peinture blanche s'est répandue sur le palier du troisième étage. Il y en avait des traces jusqu'au-rez-de-chaussée. Des semelles à gros chevrons avaient marché dedans, puis s'en étaient allées allégrement. J'ai entendu ma mère maudire le type qui en était à l'origine (elle avait une petite idée là-dessus). Il n'empêche qu'elle a pris son seau avec calme et résignation, qu'elle a fourré dedans son détergent, ses brosses et ses éponges, et qu'elle s'est rendue au troisième étage. Des gens de l'immeuble, qui montaient ou descendaient, s'exclamaient que ce n'était pas à elle de nettoyer ça. Ils avaient un air sincèrement outré, mais le fait est qu'ils passaient leur chemin, en faisant attention de ne pas salir leurs chaussures, et à bien contourner la tache. Personne n'eut l'idée de s'enquérir de l'auteur du sinistre – sans doute parce que ma mère était dans son rôle, qu'y avait-il d'anormal à la voir frotter par terre ? Je me suis proposée de chercher le voisin aux semelles à chevrons ; elle me l'a interdit.

Toutes les deux, on est venues à bout de la tache avec du white spirit, ce qui en a fait naître une autre, car le parquet devint plus clair et mat à cet endroit. Pas pour très longtemps – mon père est repassé derrière avec du vernis. Alors les gens ne pouvaient qu'oublier ce qui s'était passé là.

Je ne me suis jamais vraiment faite à l'idée que je n'aurais pas la même vie que mes parents. Et pourtant, on peut dire que j'ai lâché du lest sur beaucoup de choses ; j'ai arrêté de me ronger les sangs quand j'allais, moi, l'horrible désertrice, à des soirées chez des amis d'amis des Arts-Déco qui vivaient dans des appartements où la cuisine faisait la taille de notre loge de gardiens. J'ai bassiné Tewfik pendant des semaines au sujet d'une jupe que je m'étais achetée pour un vernissage. Une jupe tellement chère que c'en était *dégoûtant*. Mais il fallait être honnête : qui m'avait forcée à entrer dans la boutique ? À ouvrir le rideau de la cabine d'essayage ? Mes yeux avaient vu le prix sur l'étiquette et cela n'avait déclenché aucune alarme dans mon cerveau. J'avais même souri à la vendeuse alors qu'elle pliait le vêtement dans du papier de soie. Je pouvais bien me débattre, en vouloir à la terre entière, au capitalisme, à la société, j'avais dérivé jusqu'à un milieu qui n'était pas le mien (ou que je *pensais* ne pas être le mien ?). Au fond, j'étais peut-être comme ces crabes rouges du Kamtchatka qu'on avait introduits en mer Baltique et qui colonisaient maintenant la mer du Nord : une espèce exotique invasive. Cela dit, il me restait quelque chose de la « petite concierge », un serment censé résister à mon nouveau biotope : la promesse de ne jamais payer qui que ce soit pour nettoyer derrière moi, parce que je savais qu'ainsi je deviendrais ma propre ennemie.

La veille du premier jour de Jacqueline, Tewfik a imaginé « une mise en situation », un truc qu'on fait souvent dans les séminaires de sa boîte. Il proposait de jouer le rôle de la femme de ménage ; je n'aurais qu'à être moi-même, c'est-à-dire une fille qu'il y a quelques années j'aurais détestée – vingt-huit ans, diplômée des Arts-Déco, sans emploi par désœuvrement, vivant dans un appartement de 120 mètres carrés avec huit fenêtres et deux chambres d'appoint vides.

— Tu es juste son employeur, me disait-il, voyant clair dans mes pensées. Jacqueline vient faire son travail. Est-ce que c'est indigne ?

J'ai dû réfléchir un peu trop longtemps, parce que Tewfik a répondu pour moi :

— Il n'y a rien d'indigne là-dedans.

Je le regardais poursuivre sa mise en scène – il avait passé la porte d'entrée et allait presser le bouton de la sonnette – j'avais l'impression qu'une mouche piégée dans mon crâne se cognait de tous côtés.

— Les gens qui font appel à une femme de ménage…

— Ou à *un homme* de ménage…

— Ou à *un homme* de ménage – ne sont pas tous des connards qui marchent sur la tête des autres et les écrasent sous leurs grosses semelles.

La mouche avait pris un coup dans l'aile, mais elle était toujours là.

Mes parents ont trouvé formidable que nous ayons une femme de ménage, signe extérieur d'une situation financière confortable (ils pouvaient ainsi pleinement se consacrer au deuxième gros sujet d'inquiétude pour un père et une mère après le capital de leurs enfants : leur fécondité). Tewfik aussi trouvait ça formidable. Et moi ? Moi, j'en faisais des tonnes pour faire oublier à Jacqueline son statut de subalterne. Je lui préparais du café, que je lui apportais dans une tasse, un sucre sur la soucoupe ; je venais lui parler – toujours en face. Je lui posais des questions insignifiantes sur la météo, les allergies à l'eau de Javel, le tracé de la ligne de tram, questions malhonnêtes et fausses, car elles ne visaient rien d'autre qu'à lui prouver qu'on était l'égale l'une de l'autre. Ça a duré plusieurs semaines comme ça et puis elle a fini par m'avouer qu'elle ne supportait pas le café (elle n'avait pas osé me le dire) et qu'elle préférait que je ne lui parle pas, parce que, avec ce grand appartement et tout ce repassage, on lui laissait beaucoup de pain sur la planche. « Le ménage, on sent que c'est pas trop votre partie, hein... », elle a dit, subitement très à l'aise, avec un sourire, et gentiment, sans penser à mal. Je me suis sentie congédiée, piégée dans cette lutte millénaire : la bourgeoise qui salit contre la femme de ménage qui nettoie. Le lendemain, j'ai dû me rendre en urgence chez le dentiste pour soigner une rage de dents. Quand je suis rentrée chez moi, la vue honteusement gratifiante d'un rayon de soleil traversant une fenêtre de notre salon et révélant les traces des mouvements circulaires que le chiffon propre de Jacqueline avait laissées en passant et repassant sur la vitre, a ajouté à la douleur de ma mâchoire.

Tewfik a finalement réussi son intégration à la DSI et cela grâce à un examen imprévu, l'examen de la côte de porc. C'est quand même dingue, aujourd'hui en France, de voir son destin professionnel déterminé par une côte de porc à la sauce diable, non? « Le cochon n'a pas d'odeur », m'a dit Tewfik – encore une phrase de son père, qu'il prononçait pour provoquer Djamila avant de croquer dans une tartine de pâté – et « il faut savourer sa chance, quand bien même elle a des origines discutables ».

La question du porc – en manger ou pas – n'a jamais posé de problème à Tewfik. Ça fait enrager sa mère depuis toujours, mais il en mange. Vous remarquerez que si on a les idées un peu étroites, il peut paraître bizarre de voir un type qu'on habille mentalement d'une djellabah et d'un fez en train de découper une côte de porc. Et c'est précisément ce qui est arrivé, un jour, à la cantine. Les collègues de Tewfik n'en sont pas revenus. Un seul a osé dire :

— Je ne savais pas que tu mangeais du porc…

— En fait, je suis pas pratiquant. Ma famille n'est pas très religieuse, mon père surtout. Je mange du cochon depuis que je suis tout petit.

« Si t'avais vu leurs têtes ! m'a raconté Tewfik. Ils ressemblaient aux figurines de chiens qu'on trouve sur les plages-arrière des voitures, et qui suivent un mouvement pendulaire, à droite, à gauche. Ils étaient complètement décontenancés. Les yeux comme des soucoupes. J'étais le premier Arabe-mangeur-de-porc qu'ils rencontraient. »

Le jour de la côte de porc a été marqué d'une pierre blanche. Ça a brisé la glace dans le service. Les collègues de Tewfik ont arrêté d'écorcher son prénom ; ils se sont mis à lui taper dans le dos, amicalement, quand il était le dernier à partir. Je me dis que dans leur échelle de valeurs, le cochon – Saint Cochon – doit être tout tout tout en haut, avant la Vierge Marie, avant Jésus et les apôtres, pour qu'ils aient réagi ainsi. Tewfik n'était peut-être pas un des leurs (ça restait un Arabe-non-catholique-diplômé-d'une-*petite*-école-de-commerce), mais… tout de même… il avait mangé sa côte de porc comme les ô-ô-autres, et ça leur ouvrait des perspectives. D'ailleurs, un matin, Pierre (-Marie) a posé une fesse sur son bureau pour lui demander, avec un air de contrebandier :

— Tu connais la viande de sanglier ? T'en as déjà goûté ?

Il avait une petite idée derrière la tête : les sangliers, ça courait les forêts du Bourbonnais. Est-ce qu'il viendrait pas à la chasse avec eux, un de ces quatre ? Tewfik a dit oui. Par amabilité, parce qu'il déteste qu'un groupe lui résiste, par curiosité et ouverture d'esprit, aussi, il a topé là, et quelques semaines plus tard, un samedi à 5 heures du matin, j'ai été réveillée par le couinement de ses nouvelles bottes en caoutchouc dans le couloir. Vêtu d'une veste imprimée d'affreux motifs végétaux prévue pour de longues et glaciales planques dans les roseaux (29 euros chez Decathlon ; ses collègues ne manqueraient pas de s'en amuser, moqueurs), il partait chasser le sanglier.

Il est rentré vers 22 heures, moulu de fatigue, transi par l'humidité de la forêt, avec une motte de boue sous chaque semelle. L'état de sa veste laissait penser qu'il s'était battu avec des ronces. Il m'a tendu un sac plastique lourd d'une chose molle qui baignait dans un peu de liquide marron.

— Un canard…

— Un canard ?! Mais qu'est-ce qu'on va en faire ?

Je n'avais pas imaginé une seule seconde qu'il puisse revenir de la chasse avec un animal mort. J'ai pris le sac du bout des doigts, en me pinçant le nez, et l'ai posé dans le seau de ménage. Tewfik a laissé ses bottes sur le palier. Il est entré en chaussettes ; elles étaient trempées et imprimaient sur le sol des traces d'un jus sale.

— Je suis crevé, j'ai mal partout et en plus j'ai envie de vomir, il a dit en allant prendre sa douche.

J'ai cru que je ne le reverrais pas de la soirée, mais il est revenu, lavé et frotté à l'eau de Cologne. Il voulait purger cette journée d'enfer dans les bois, me dire l'imbécillité de boire du vin rouge à 11 heures du matin et de chanter des chansons qui vantent l'appareil génital de curés dégénérés. Il en avait surtout après un certain Géraud de La Branche ou de La Souche, je ne sais plus, une sorte de malade de la gâchette en veste huilée et casquette en tweed.

— Ce type, il a fallu le raisonner pour qu'il épargne un écureuil. Tu vois le niveau ? On te rebat les oreilles avec la tradition, la *noblesse* de la chasse, le respect de la nature et tout, mais le seul truc qui anime ces mecs c'est de buter des animaux. Et quand ils en ont eu un, ils se tapent sur le torse et poussent des cris de bête. C'est lui, Géraud, qui m'a donné le canard. Je lui faisais pitié avec mes poches vides. Il m'a dit : "Ta femme, elle va te prendre pour une *tapette* si tu rapportes rien."

— J'aurais préféré que tu reviennes avec des boîtes de confit, ai-je dit amusée, et en feignant de ne pas relever, par mépris, le mot *tapette.*

— Lui, il a chopé deux canards, un pigeon et un lièvre et à l'heure où je te parle, sa gentille épouse est en train de les éviscérer pour en faire des terrines.

On a hésité à regarder des tutoriels pour plumer une volaille et la préparer (il y en a un nombre incalculable sur Youtube), mais on a eu peur que ça nous dégoûte à jamais de manger du poulet, alors Tewfik a récupéré le sac plastique dans le seau où le liquide marron commençait à fuir, et il l'a jeté dans la benne aux ordures ménagères. C'était bête de finir sa vie de gibier dans une poubelle, mais c'était drôle, et on s'est couchés dans un fou rire. On se sentait légers (on avait pas mal bu, ce soir-là), et libres ! Tellement plus malins que les Géraud de La Souche ou de La Feuille, Tewfik, le petit-fils de maçon, et moi, la fille de femme de ménage. Ils étaient cons ces bourgeois, ces tradis, ils étaient vraiment cons ! Ils s'étaient moqués de la veste de Tewfik, non pas parce qu'elle était affreuse, ce qui aurait été une raison légitime, mais parce qu'elle faisait « plouc ». Est-ce qu'ils savaient ce qu'ils leur disaient, les ploucs ? Ils leur disaient « Mort aux bourgeois ! La liberté aux ploucs ! » Les ploucs étaient libres putain de merde ! Ils étaient libres de baiser, d'avoir mauvais goût, de fréquenter d'autres ploucs ; ils étaient libres parce qu'ils ne dominaient pas le monde, ils ne concevaient pas d'instinct de propriété sur cette planète que les bourgeois – mais quels cons ! quels cons ! – croyaient façonnée à leur image, les hommes et leurs cris de guerre à la chasse, les femmes en cuisine, à transformer des animaux crevés en nourriture. On ne s'intégrerait pas cette fois-ci, pas question d'arrondir les angles, hein, plutôt mourir que de leur ressembler. À cet instant, Tewfik a répété « plutôt mourir », dans un long soupir hilare, et je l'ai aimé si intensément à cette seconde que je crois que j'en serai à jamais nostalgique.

L'amour qu'on a fait ce soir-là a séché nos larmes. On a espéré très fort que cette fois serait la bonne. Et alors on serait comblés, n'est-ce pas ? On a éteint la lumière, s'est blottis l'un contre l'autre, et dans un murmure, pour ne pas brusquer l'obscurité, j'ai demandé :

— Et les sangliers ? Tu m'as pas dit si vous en aviez vu.

— Si, un. C'est même moi qui l'ai repéré en allant pisser dans un fourré. Pierre l'a eu. C'est la première fois qu'il en tuait un. Il était tellement heureux ! C'était bizarre, il était intimidé par sa victoire. Avec un air hyper solennel, il m'a dit : Tewfik, je te dois une fière chandelle.

Quelques semaines plus tard, Pierre a convoqué Tewfik à l'heure presque nocturne où apparaissent les agents de ménage pour vider les corbeilles et passer l'aspirateur dans les bureaux. Il lui a parlé de Dubaï – Est-ce qu'il connaissait Dubaï ? Une ville magnifique. Le nombril du monde oriental. Un poste de Chief Data Officer allait bientôt se libérer, un poste d'envergure, très exposé, qui nécessitait un gars qui capte vite et qui sache trouver un langage commun avec les métiers des ressources humaines, du marketing et de la vente. Il avait pensé à lui et voulait glisser son nom à la DRH. Qu'est-ce qu'il en pensait ? Tewfik pensait qu'il devrait en discuter avec sa femme, mais il ne dit jamais ce qu'il pense tout de suite.

On s'est longtemps demandé si cette proposition était une sorte de « promotion sanglier », survenue grâce à une opportune pause pipi dans un bois du Bourbonnais ; on ne saura sans doute jamais et je crois que c'est mieux ainsi. Mais une chose est sûre, c'est qu'elle a accéléré le processus d'assimilation de Tewfik dans le service. Sa candidature au bureau de Dubaï, loin de susciter l'envie parmi ses collègues, lui a fait franchir plusieurs cercles d'un coup, jusqu'à frôler leur intimité. J'avais donc perdu le pari que j'avais conçu en moi-même : Tewfik était si bien parvenu à faire oublier ses origines qu'en moins de temps qu'il ne me faudrait pour le craindre, il serait invité à prendre sa part sur la pièce montée d'un baptême célébré à Sainte-Claire.

Je me suis mise à regretter le temps où mon esprit de révolte crachait du feu ; je m'imaginais terrassant les cons de la DSI, tel saint Michel. Je ne voulais pas de cette évolution sociale même si… évidemment… elle avait des bons côtés et apportait un confort certain et… non, non ! il n'était pas question de m'engager dans ce chemin vers la tiédeur, la conciliation, sur lequel Tewfik voulait que je le rejoigne, sa main tirant sur ma manche.

Un soir, il m'a adressé ce texto : « Ne m'attends pas pour dîner. Je prends un verre avec les collègues. » J'ai alors pris un feutre noir et j'ai dessiné furieusement jusqu'à ce qu'il rentre : des paysages nocturnes éclairés par des lunes énormes, des tours jumelles coupées par le brouillard et du haut desquelles des monstres avec des cornes de bouc et des ailes de chauve-souris se penchaient au-dessus du vide.

— C'est Gotham City ? m'a demandé Tewfik, les yeux sur les feuilles noires, éparses, et ses mains déboutonnant son manteau.

— Non, regarde par la fenêtre. C'est la cathédrale.

Tewfik prétendait qu'on avait été durs avec ses collègues, qui se révélaient, avec le temps, « plutôt sympas ». Quelque chose me retenait de le croire, qui rejoignait ma détestation des bourgeois portant semelles à chevrons : la peur qu'il devienne, que *nous devenions*, un jour, comme eux. Cette peur s'accroissait à mesure que la perspective de Dubaï, cette ville qui, je le découvrais chaque jour un peu plus, tirait sa grandeur de milliers de travailleurs épuisés, opprimés, se rapprochait. Je me demandais ce qu'il nous restait de cette soirée, où ivres d'alcool et de rires, on avait crié par-dessus la couette : « Mort aux bourgeois ! ». Est-ce que c'était bien lui et moi, sur la photo mentale, ou des versions fantasmées, qui n'existaient que dans mes rêves ? Pour Tewfik, cela n'avait pas d'importance. Il fallait prendre la vie comme elle vient. L'idée était séduisante et je lui ai promis d'essayer. J'ai lâché ma lance de saint Michel pour saisir la main qu'il me tendait et voilà. J'imagine que ce n'est pas autrement que je me suis engagée vers la tiédeur.

Quelques jours après notre petite fête – champagne sur Babybel – et à peine une semaine avant que Tewfik ne signe son contrat d'expatriation, il a reçu une invitation à dîner, de la part d'un collègue d'un ex-collègue de collègue, de la part d'un inconnu, quoi, mais qui avait entendu parler de l'ascension rapide de Tewfik et de sa candidature au bureau de Dubaï. Lui et sa femme en revenaient tout juste et ce point commun suffisait à nous rendre désirables, moi la fille de femme de ménage, lui, le petit-fils de maçon, sur le marché des dîners bourgeois d'une ville moyenne de province. « Peut-être qu'ils sont sympas ? » a supposé Tewfik avant de leur répondre qu'on viendrait « avec plaisir ».

Ce soir-là, devant le miroir – je portais la jupe de la honte –, enrobant mes cils de mascara, j'ai été frappée par une vision fugitive. Les gens ne parlent qu'à leurs semblables, me suis-je dit, et cette vérité dégueulasse condamne les êtres humains à une fraternité conditionnelle. Restait à savoir si cette vérité portait bien son nom : auquel cas, cela signifiait-il qu'après un an de solitude, un an de samedis soirs à manger des pizzas à même le carton de livraison devant une série Netflix, nous étions malgré nous devenus… *leurs semblables* ? J'ai alors entendu le miroir répondre : « Oui. Assurément oui. »

À la seconde où la porte s'est ouverte sur elle, j'ai regretté ma jupe onéreuse, apparemment trop élégante pour l'occasion, et mes chaussures à talon. Cécile portait un jean, des baskets blanches et un pull mauve en cachemire sur lequel était écrit « Rock » en lettres gothiques. Ses cheveux d'un blond sage étaient coiffés en une queue de cheval qui mettait en valeur ses boucles d'oreilles : deux perles grises entourées de brillants. Elles complétaient un pendentif assorti qui se baladait sur le O de « Rock » – qui n'était en fait pas un O, mais un zigzag censé figurer un éclair. L'espace d'un instant, j'ai cru que je la connaissais. Je sais d'où venait cette impression de familiarité, elle venait de ce que le genre de filles comme Cécile représente pour moi, ces filles trop jolies qui vous privaient de l'attention des garçons au lycée et donnaient des soirées qui consumaient de jalousie ceux qui n'y étaient pas invités. Le genre de filles que j'ai jamais pu sentir, et qui, non contentes d'être super populaires, décrochaient une mention très bien au bac. Cécile nous a fait entrer. « Manu est en train de coucher les enfants, il arrive », a-t-elle dit d'une voix douce, bonne, qui a légèrement désarmé mon hostilité. Je dis « légèrement » parce que je restais quand même sur mes gardes tandis qu'on la suivait, cheminant à travers de délicieuses odeurs de cuisine, jusque dans le salon où tout était joli et bien rangé, et où les photos dans les cadres qui montraient de plantureuses maisons de campagne, des mariés sur un parvis d'église, un sosie de Paul Newman vieux en uniforme de général croulant sous les médailles, des chiens au port militaire et des enfants en aube de communiants semblaient avoir été retouchées.

Emmanuel – Manu – parut alors. Très grand, très beau, très brun, une allégorie de la réussite que ne parvenait pas, mais alors pas du tout, c'était même tout le contraire, à amoindrir l'inscription « Maladroit » floquée en bleu sur son T-shirt. Il a serré la main de Tewfik comme s'ils se connaissaient depuis toujours. Ça l'a pris de court et je l'ai vu qui cherchait intérieurement la bonne combinaison de gestes et de mots en pareille situation. Quand il l'a eu trouvée – pose décontractée + sourire + main tâtonnant contre sa poche de poitrine pour trouver ces cigarettes qu'il fume lorsqu'il est mal à l'aise, c'est-à-dire jamais – il m'a adressé un regard qui m'invitait à ne pas juger Manu trop vite. Je lui ai laissé quoi ? allez, trois secondes – le temps qu'il aille à la cuisine surveiller son osso buco – avant de lui tailler un impeccable costume de connard.

Par moments, Emmanuel passait une tête dans le salon, et on aurait dit qu'une force invisible nous obligeait à tourner le visage dans sa direction et à nous taire pour l'écouter. Sans doute ce qu'on appelle l'autorité, une autorité que peu de gens devaient contester ou même défier, et qui lui permettait de se déployer sans limites dans l'espace physique et sonore. « T'as fait les Arts-Déco, je crois ? Faudra qu'on en parle, je suis passionné d'art », « L'Union européenne… mais quelle arnaque ! Les Français sont trop cons pour comprendre que c'est Boris Johnson qui a raison », « Osso buco prêt dans trois minutes ! », « Faut avoir vécu dans les émirats pour comprendre ». Il nous a fait comme ça la bande-annonce de la soirée. Un fiasco sublime, cette soirée.

Avant de passer à table, Cécile a saisi sa tablette pour nous montrer l'album de leur vie à Dubaï. Je crois qu'ils se fichaient pas mal de qui on était, en fait, tant qu'on avait des yeux et des oreilles pour s'extasier de leurs souvenirs. On avait été invités pour nos organes sensoriels. Première photo : un garçon et une fille en tenue d'écolier – polo blanc, bermuda bleu marine pour lui, robe de la même teinte pour elle – devant un school-bus jaune. Deuxième photo : Cécile, écouteurs sur les oreilles, en brassière et leggings, en partance pour un footing. Mer turquoise et gratte-ciel en arrière-plan. Et ainsi de suite, des ciels sans nuages, des palmiers, des enfants chevauchant des dromadaires, Manu sur un quad dans le désert. Manu sur un jet-ski. Corps hâlé, praxitélien. Manu posant à côté d'une planche de surf. J'ai trouvé que Tewfik faisait vachement bien semblant de s'y intéresser. Lui qui a failli se noyer – en essayant, sans y parvenir, de sortir de l'eau en ski nautique, a demandé :

— On peut faire du surf à Dubaï ?

— Mais oui, c'est un spot incroyable ! Vous allez vous régaler, vraiment…

L'osso buco est arrivé dans un plat de porcelaine blanc et or, et l'étui de la tablette s'est refermé. J'ai eu plus d'une seconde pour observer la photo qui venait d'apparaître sur l'écran : une grappe d'enfants saisis en plein vol, juste avant de fendre l'eau claire d'une piscine. J'ai reconnu Cécile parmi le groupe d'adultes qui les regardaient en applaudissant. Il y avait aussi l'équivalent blond de Manu et une femme vêtue d'un T-shirt marqué « Bavarde » en lettres cursives roses, et tout derrière, derrière les transats et le barbecue, derrière la grande baie vitrée de la maison, se trouvaient deux très jeunes femmes au type asiatique qui s'affairaient autour d'une pièce montée de fruits exotiques. On aurait dit des sœurs, des sœurs siamoises même, coiffées à l'identique – cheveux noirs plaqués derrière les oreilles et tressés en une longue natte –, front contre front, nuque ployée, regard concentré, robe orange clair avec col claudine et deux grosses poches sur les côtés, qui n'était pas une robe mais un tablier.

On s'est assis autour de l'osso buco et je ne sais pas trop ce qui m'a pris… enfin, si, je sais très bien, j'ai eu envie de chercher la merde. Je me suis senti pousser des ailes, et un casque et une lance, que j'ai pointée vers Mme Rock et M. Maladroit.

— Est-ce que c'est vrai ce qu'on dit sur les employés de maison là-bas ? Que leurs patrons confisquent leur passeport ?

Tewfik a pensé si fort que je l'ai entendu : « Tu fais chier, Laurine… »

— *Confisquer* ! Et pourquoi pas leur mettre des chaînes aux pieds tant qu'on y est… s'est récriée Cécile. Où est-ce que tu as vu ça ?

— Excuse-moi, hein, a répliqué Manu qui se fichait pas mal de mes sources, mais ce genre de remarque c'est typique des gens qui ne savent pas de quoi ils parlent.

— Non, non, je te rassure, on leur confisque pas leur passeport…

Cécile a posé une main sur l'avant-bras de son mari, comme s'il s'apprêtait à donner un coup.

— En revanche, ce qui se fait beaucoup là-bas – nous, on le faisait – c'est de ranger tous les passeports de la maison, celui de la maid y compris, dans un coffre sécurisé. Quand elle en avait besoin, pour rentrer chez elle par exemple, eh bien on le lui donnait, c'est tout.

— Et t'appelle ça comment si c'est pas *confisquer* un passeport ?

— Attends… elle était complètement libre de ses mouvements… et elle se trouvait bien, vraiment bien, chez nous.

— De toute façon, Laurine, si on va là-bas, on n'aura pas de maid, est intervenu Tewfik.

— Ça me semble évident ! me suis-je exclamée, projetée en arrière comme par le choc de recul d'une carabine.

Manu et Cécile n'ont montré aucun signe de vexation. Ils m'ont plutôt regardée avec l'air de pardonner une gamine pour son ignorance, le genre étudiante à dreadlocks qui récolte dans la rue des dons pour Amnesty International et fait perdre leur temps aux gens comme eux. Il y avait même un peu de pitié dans leurs yeux, comme si j'étais victime d'un mal qui passerait en prenant de l'âge.

— Tu sais, a repris Cécile, tous les expats ont une maid… Le rythme est intense à Dubaï, les gens travaillent beaucoup…

— Tu faisais quoi là-bas ?

On peut dire que Tewfik m'a enlevé les mots de la bouche. Sauf que Tewfik ne venait pas en renfort pour m'aider à pousser à coups de lance les bourgeois dans leurs retranchements ; sa question était sincère et pure et sans malice aucune. Si moi je l'avais posée, elle aurait été visqueuse de sous-entendus sur les femmes d'expats à qui la composition de bouquets de fleurs ne laissent pas une minute à elles. Il n'empêche que la bienveillance de Tewfik a fait vaciller Cécile, qui s'est mise à bafouiller, tandis qu'elle cherchait des justifications à son inactivité professionnelle :

— Eh bien… euh… je m'occupais des enfants… Vous avez des enfants ?

Elle s'est brusquement interrompue, comme si elle venait de s'apercevoir que la question n'avait pas encore été posée et que c'était presque un manquement à ce stade de la soirée.

— Euh… non, j'ai répondu, puisque cette parenthèse m'était adressée.

— Ah…

Cécile a semblé déçue, pas vraiment pour nous, mais pour elle, parce que ça ferait un sujet de conversation en moins. Elle a repris confusément :

— Qu'est-ce que je disais ? Ah oui. Les enfants. Ben… ils sont encore petits, cinq et sept ans, faut gérer les conduites à l'école, aux activités… Et puis je tenais la maison, je soutenais Manu. Ça peut sembler *old school*, mais les couples d'expats fonctionnent un peu comme des *duos*, tu vois ?

Je voyais oui, mais pas un duo, plutôt un soliste derrière un piano à queue flanqué d'une tourneuse de pages.

— Je crois que je supporterais pas d'être la *duettiste* de mon mari.

— Chacun voit midi à sa porte.

Ça ne ressemble pas à Tewfik de prononcer ce genre d'aphorisme bidon, et j'ai cru un moment qu'il s'y trouvait un sens caché. Cuncha dimi portasavoit. J'ai pensé à une contrepèterie, avant de comprendre le signal de cette phrase – parce qu'il y en avait un : Tewfik m'invitait à la platitude. Laisse tomber ton casque, ta lance ; laisse tomber tout court, on s'en fout de ces gens, non ?

— Je repense à ce que tu disais sur les employées de maison…

Une marque de contrariété s'est accrochée au regard de Cécile ; Tewfik a repris une gorgée de vin et j'ai posé ma fourchette : voilà que le sujet revenait sur la table – une grenade pas encore dégoupillée entre la salière en cristal et les couverts en argent. Le ton de Manu n'était pourtant pas hostile, seulement quelque chose le tarabustait, un malentendu qu'il se devait de vider en tant que représentant et promoteur des expatriés de Dubaï :

— On ne peut pas juger la vie là-bas à l'aune de nos critères européens. C'est quelque chose qu'il vous faudra comprendre si vous y allez : vous ne serez pas chez vous, vous devrez vous adapter aux lois, aux coutumes locales. Les maids, à Dubaï, font partie de la maison…

— Et d'ailleurs, ça a plein de bons côtés ! a

renchéri Cécile, confortée par la tournure que prenait la conversation. On a vécu des moments très forts avec Karen – Karen, c'était notre maid. Tu te rappelles, Manu ? Les scones à tomber qu'elle faisait ?... Karen était une perle. Les enfants l'adoraient...

Cette évocation a dû toucher une zone sensible de son cœur. Je crois qu'on n'aurait pas eu besoin de trop la forcer pour qu'elle se mette à pleurer. Peut-être venait-elle de prendre conscience de ce qu'ils avaient perdu en quittant Dubaï, ce lien si fort, si précieux avec Karen, et qu'elle avait sous-estimé jusqu'à présent.

— J'imagine qu'elle a trouvé une autre famille maintenant...

Un voile de recueillement et de bigoterie a légèrement changé la voix de Cécile, on aurait dit quelqu'un qui s'enquiert de l'âme d'un mort et espère qu'elle aura trouvé refuge au paradis. Je n'étais pas très loin du compte, ai-je compris quelques secondes plus tard, alors que Manu se lançait dans une longue diatribe sur les bienfaits d'un emploi de maid pour une fille comme Karen. Elle se voyait ainsi sauvée des bidonvilles de Manille (dont la plupart sont originaires), de la drogue, de la prostitution, de l'état de fille mère, et accédait au bonheur éternel. Amen. Quand il a été satisfait, Manu s'est tu. Il affichait un sourire asymétrique qui remontait d'un côté plus haut que l'autre. Ainsi ils prennent tout, ils écrasent tout de leurs semelles à chevrons, ils répandent la saleté, ils creusent les inégalités, et en plus il faut les remercier parce qu'ils sauvent le monde de la misère. J'aurais bien renversé mon assiette si ça n'avait été si bon.

« Bon » n'est d'ailleurs pas le mot. Le plat qu'avait préparé Manu était *divin* – et pourtant, je ne suis pas du genre à m'émouvoir de ce que je mange. Mais là, je ne sais pas… quelque chose m'émerveillait, un goût inédit que je n'avais jusqu'alors connu que sous une forme olfactive, l'odeur de l'humus, de la terre mouillée des sous-bois et qui s'était miraculeusement transsubstantialisé dans l'osso buco. Les fées ont été trop généreuses avec Emmanuel, j'ai pensé en essayant d'emporter le maximum de sauce sur ma fourchette, elles l'ont trop gâté, et il m'est alors venu l'idée qu'elles-mêmes pourraient se lasser et déchaîner une tornade sur Manu. Tout foutrait le camp, les certitudes, les convenances sociales, les médailles du grand-père, hop là ! emportées dans un typhon. Tu serais bien attrapé, Manu, si ta femme te trompait avec une autre femme, si ta fille, à dix-sept ans, t'annonçait qu'elle s'est fait avorter. Mais on n'en était pas encore là, non, et dans son cadre Paul Newman n'avait pas moufté.

— Comment vous appréhendez Dubaï ? Ça doit être une belle revanche pour toi, non ?

Il fallait le voir, Manu, accueillir Tewfik dans son club. Le visage grave – son beau visage de connard magnifique –, la bouche retroussée en un sourire inversé, en signe de respect. Il fallait le voir s'incliner immodestement devant le premier Arabe qu'il rencontrait qui méritait de se mesurer à lui. J'ai pensé à ces scènes qui se produisent plus souvent dans les films que dans la vie et où l'on voit des gens outragés prendre efficacement congé. Ils disent « Viens, on s'en va », ils récupèrent leur manteau, elle, son sac à main, éventuellement ils renversent une chaise d'un coup de talon et quittent la place comme des princes. J'aurais aimé qu'une telle scène se produise, mais le courage, de toute évidence, m'a manqué. Je me suis contentée de mes arrière-pensées : Pourquoi ce serait une *revanche*, Manu ? Parce que Tewfik est arabe et que les Arabes ont forcément une revanche à prendre sur leurs origines, du pouvoir à grappiller, des têtes à écraser, c'est ça ?

Tewfik et moi sommes restés assis, et le petit psychodrame dont je rêvais ne s'est pas produit. On a eu mieux que ça, en fait, l'honnêteté de Tewfik nous a offert mieux que ça. Sans éclat, sans hausser la voix ni le ton, rien qu'en laissant s'exprimer sa franchise, il a fait tomber Manu de son piédestal en papier mâché.

— Tu sais, a dit Tewfik, dans ma famille, je suis un peu le raté… Je suis le deuxième, coincé entre une sœur magistrate qui passe à la télé dès qu'il y a une réforme et un frère polytechnicien qui invente les éoliennes du futur. C'est pas avec une expat' de trois ans à Dubaï que je vais impressionner mon père. Mais on s'en fout, hein ? Parce que la vie n'est pas une compétition.

La honte n'a que très peu de prise sur les gens comme Manu, c'est un phénomène étrangement volatil, et effectivement l'idiotie ne s'est pas attardée sur ses traits : au bout de deux secondes, il avait repris contenance, et il demandait déjà, avec un air expert, intelligent, l'air de quelqu'un qui a une opinion solide sur les entreprises du CAC 40, les start-up, et tout ce qui génère de l'argent :

— Il bosse dans quelle boîte ton frère ?

Là-dessus, Cécile s'est levée pour aller chercher la salade.

Quand on est sortis de là, l'horloge de la cathédrale faisait une deuxième lune là-haut, et il faisait encore bon. On a préféré marcher dans les rues qui montent et descendent dans la vieille ville plutôt que de rentrer chez nous. Le souvenir des photos de Manu debout sur son quad nous rendait joyeux et confiants – comme la trempe qui durcit l'acier, un échange avec quelqu'un que vous considérez comme le dernier des connards affirme la conscience que vous avez de vous-mêmes. Sauf qu'il restait une part de moi liée à Manu et Cécile, car ce n'était pas un hasard, n'est-ce pas, s'ils nous avaient invités ce soir.

— Est-ce que tu crois qu'on peut encore faire machine arrière ? j'ai demandé en regardant les pavés.

— Tu veux dire pour Dubaï ?

— Franchement, tu nous vois au milieu de clones de Manu et Cécile, à faire des barbecues avec des gens qui font travailler des esclaves ?

— Moi je crois que Dubaï est trop grand, trop vaste, pour qu'il n'y ait qu'un mode de vie possible là-bas, non ? On pourra se faire notre petite île rien qu'à nous. Son épaule a cogné, complice, contre la mienne. On serait des expats en expat'. On ferait pas de jet-ski, pas de quad. On mangerait pas d'osso buco à la truffe…

— Ah c'était ça ?

— De quoi ?

— Ce goût, dans l'osso buco… c'était de la truffe ?

Tewfik souriait comme quelqu'un qui vient de se faire griller un secret, un secret pas très important, pas très bien gardé, mais quand même.

— Où est-ce que t'as mangé de la truffe ?

— Ah, il a dit avec mystère, tu sais ça fait longtemps que j'ai pris ma *revanche*…

On a continué à marcher dans les rues vides, serrés l'un contre l'autre, sûrs de ce qu'on était et de ce qu'on n'était pas. J'essayais cependant d'oublier le caillou, petit mais pointu, que la soirée avait glissé dans ma chaussure. Je voulais chasser de ma mémoire le goût de la truffe, ce goût des choses réservées, hors d'atteinte, qui ne disent leur prix que « sur demande » et que j'avais tant aimé. (1 000 euros le kilo. J'ai vérifié en rentrant).

*

Notre vol était maintenu ; il n'y avait aucune raison de s'inquiéter, nous avait-on assuré. Et je dois dire que de voir les agents de piste sur le tarmac, pliés en deux par les bourrasques, ne m'inspirait pas grand-chose, mis à part qu'ils auraient pu pousser un peu le chauffage dans la salle d'embarquement. Là où l'on serait dans quelques heures, il faisait grand soleil, et 31 degrés.

J'étais en train de m'envelopper dans un châle, quand Tewfik est revenu avec deux cafés, et un croissant pour moi.

— À Dubaï, il a dit en me tendant mon gobelet.

— À Dubaï.

J'ai pensé que le tableau était parfait : Tewfik, ses yeux rieurs derrière ses lunettes rondes, la tempête qui, dehors, secouait les petits hommes fluo comme des pantins mais ne gênait pas le trafic aérien. J'ai sorti mon téléphone afin de l'éteindre et de savourer pleinement cet instant. C'est alors que tout ce que Tewfik et moi avions vécu jusque-là a pris un sens évident. Toutes nos décisions, ruptures conventionnelles, déménagements, désir d'enfant, arrêt de la pilule, désir d'arrêter de désirer un enfant ; les hasards, les rencontres, les déceptions, les petits, les grands événements qui se sont enchaînés par à-coups, un coup à gauche, un coup à droite, pareils aux dessins que forment les bancs d'oiseaux dans le ciel, et les doutes, les états d'âme, qui nous faisaient tourner en rond, ont trouvé soudainement un sens que je n'étais même pas en mesure de juger ironique, tant cette alerte info sur l'écran de mon portable me semblait tragique :

« Le crabe royal, cauchemar des pêcheurs, a gagné les côtes belges. »

Les nounous

Dans l'entrée légèrement sombre – trop sombre, se plaint-elle souvent ; elle nourrit d'ailleurs le rêve de dégager les combles pour faire un plafond « cathédrale ». Une folie, quoique… ils se rembourseraient avec la plus-value sur l'appartement – dans l'entrée sombre, donc, on note quelques photos d'elle et lui. À la montagne, bronzage d'hiver, portant l'un et l'autre une doudoune d'un fuchsia éclatant. À la mer, bronzage d'été, robe dos nu pour elle, chemise en lin pour lui. Il en est une autre, en noir et blanc, dans un cadre ovale en métal argenté. Elle tire la langue tandis qu'il avance la mâchoire inférieure et regarde l'objectif en louchant. Dans leur tenue de cocktail (c'était à un mariage), ils sont irrémédiablement beaux ; la grimace ajoute même à leur beauté quelque chose de piquant et drôle.

La cuisine est juste à droite. À travers la porte fermée, on entend le Thermomix qui prépare un risotto aux cèpes. La pièce est petite, mais

« fonctionnelle » – c'est ce qu'elle disait, faussement modeste, quand ils se sont installés dans l'appartement et qu'elle le faisait visiter en commençant par la cuisine, justement, pensant susciter l'émerveillement avec les tiroirs à coulisse silencieux, la poubelle, qui est un vrai bijou de design finlandais en acier teinté, et le plan de travail escamotable dont elle faisait la démonstration l'air de rien.

Ça sent la cigarette dans le couloir. Elle est en train de s'en griller une, enfermée dans les toilettes. Quand elle aura fini, elle allumera une bougie parfumée au bois de cyprès et aux herbes aromatiques, mais l'odeur persistera, ce qui lui fera dire, à lui, qu'il est temps qu'elle arrête.

On passe au salon en traversant un couloir. Le mur jaune d'or dans l'alcôve du fond, surtout, fait sa fierté. C'était son idée à elle, pour casser la monotonie du blanc. Le parquet glisse un peu depuis qu'ils l'ont fait vernir ; peut-être faudrait-il mettre un tapis, elle verra bien. Le parquet : des petites lattes rectangulaires qui s'imbriquent les unes dans les autres, comme ça se faisait beaucoup dans ce genre d'immeuble, dans les années 50. À l'origine, lui aurait préféré quelque chose de plus classique, du « Versailles » ou du « point de Hongrie », ce qui la faisait répliquer, elle, enorgueillie par ce qu'elle pensait de l'avant-gardisme : « Mais C'EST le nouveau point de Hongrie ! » De la même manière, elle a toujours adoré la cheminée en grès gris, aux lignes droites et dures, privée des ornements qu'on réservait aux intérieurs bourgeois, à l'époque.

Entre les fenêtres qui donnent sur un boulevard très passant ont été fixés au mur trois dessins abstraits au lavis, un orange, un bleu et un rose, qui demeurent pour les visiteurs un sujet d'embarras, car on ne saurait dire s'il s'agit de *vraies* œuvres d'art ou d'une création de leur fille, Lili, qui a six ans. À en juger par l'encadrement soigné, coûteux, on pencherait plutôt pour la première option, mais rien n'est moins sûr. La table basse, une plaque de verre biseauté, repose sur deux piles d'une biographie fleuve de Lénine, une vieille édition magnifiquement reliée en cuir bleu marine, qu'il a récupérée de la bibliothèque d'un vieil oncle. Et là, juste là, derrière, on l'oublierait presque tant il est silencieux, s'est assoupi Charlie, qui dort une goutte de lait coincée à la commissure des lèvres, sous un arceau auquel se balancent trois petits poussins bariolés.

L'appartement est grand, mais il manque une pièce, c'est évident. Un bureau, une chambre d'ami ou un endroit pour mettre la télé. C'est ce qu'elle disait – elle le dit toujours – quand elle indiquait à ses invités la démarcation, visible au plafond, des anciens appartements qu'ils avaient réunis, en cassant les murs. Ils occupent tout l'étage, sans possibilité d'agrandissement – à part peut-être un placard et de vieux toilettes qui appartiennent aux parties communes de l'immeuble. Ils pourraient en faire quelque chose… Un placard encore plus grand ou… des toilettes. Deux toilettes dans un appartement familial, ce n'est pas de trop. Mais on s'égare, c'est vrai, ces considérations sur l'immobilier… c'est… c'est un peu chiant, non ? Il y a quelques années, ils ne parlaient que de ça. C'est bien simple, à chaque fois qu'ils se rendaient quelque part, à un dîner, à un week-end chez des amis, c'était pour discuter de taux d'emprunts bancaires ou se dire que pour un million, à Paris, t'avais rien. On parlait du « prix au mètre » à Pantin ou Aubervilliers, où Untel avait acheté d'anciens ateliers. On s'échangeait des noms de notaires ; on allait jusqu'à comparer leurs prestations et le goût du café dans la salle d'attente ! Non mais… franchement…

Aujourd'hui, c'est différent, pense-t-elle, alors qu'elle brasse l'air de ses doigts pour disperser le souvenir de la fumée de cigarette et qu'elle se dirige vers la porte d'entrée, où l'on vient de sonner. Aujourd'hui, il y a un sujet qui les comble au point qu'ils pourraient en parler des mois entiers sans que jamais la conversation ne s'use ou qu'ils aient le sentiment de tourner en rond ; un sujet qui les ravit, les fascine, les amuse et leur offre aussi, parfois, un petit frisson : les nounous.

— Alors, tu l'as trouvée ? lance une des deux femmes derrière la porte, avec tant d'impatience qu'elle a oublié de dire bonjour.

— Toujours pas.

— T'as appelé la sœur de Svetlana ?

Svetlana. Origine : Ukraine. Ne parle pas très bien le français mais enseigne quelques mots de russe aux enfants. Aime les arts plastiques, ne renâcle pas devant un peu de vaisselle ou de repassage. Très disponible. Disponible tout le temps, en fait. Possibilité de l'emmener en vacances en Grèce ou au Portugal. Intelligente, vive, pleine d'initiative, elle est nounou par *choix*, dit-on. Personne n'a jamais vu sa sœur, Ludmila, qu'on imagine pourtant le clone parfait de Svetlana (ne provient-elle pas du même moule ?), sa possible remplaçante, et donc la solution à bien des problèmes.

— J'ai pas eu le temps, répond-elle, dépitée.

Les hurlements soudains de Charlie lui donnent alors un air presque affolé :

— C'est déjà l'heure ?

Elle fait entrer en hâte ses deux amies. La première porte un jean et des bottes fauve, genre bottes de cow-boy pour femme élégante, qui semblent lui donner de l'assurance, et délier ses jambes fuselées qui ont envie de marcher : trois pas par-ci – elle caresse les dentelures d'un bénitier des Seychelles qui sert de vide-poche – trois pas par-là – elle colle son nez à la photo d'elle et lui grimaçants (elle aussi était à ce mariage et elle regrette de ne pas s'être fait tirer le portrait ce soir-là). La seconde, tout en noir, du chemisier aux ballerines vernies, attend qu'on lui propose un fauteuil où s'asseoir. Ni l'une ni l'autre n'osent s'approcher de l'enfant qui hurle. À bonne distance, elles concèdent qu'il est mignon.

Elle les laisse quelques secondes dans le salon avant de revenir avec un biberon, qu'elle agite énergiquement. Elle saisit le nourrisson, lui enfonce la tétine dans la bouche et savoure cette mécanique qui produit si efficacement du silence.

— Ça se passe toujours bien avec Svetlana ? demande-t-elle alors.

— Oh ! un vrai bonheur.

— C'est bien, ça, d'avoir une Russe.

— Elle est ukrainienne.

— Oui enfin… ça leur donne euh… comment dire ? une ouverture d'esprit… aux enfants : *ça élargit leur horizon.*

Elle parle souvent « d'élargir » pour ses enfants, en faisant le geste d'écarter un gros rideau.

— T'en es où de tes recherches ?

La femme en chemisier noir se retrousse les manches.

— J'en ai vu deux la semaine dernière. Une Algérienne. Voilée.

À ce mot, les trois amies affichent le même rictus de rejet.

— Je suis super ouverte et tout, reprend-elle, mais le voile c'est *no way*. Et puis une fille pas mal, mais j'attends d'en voir d'autres avant de la rappeler. Une Ivoirienne.

— Alors là… je te déconseille les Ivoiriennes.

Bottes de cow-boy se redresse ; son front s'élargit : la conversation prend un tour stimulant.

— Y en a tout un groupe à côté de chez moi. Si tu les voyais au parc... et ça papote et ça papote... et pendant ce temps-là, les mômes y peuvent bien se fracturer le crâne sur un toboggan, apparemment c'est pas leur problème. Non, elle a raison, conclut-elle, prends pas une Ivoirienne.

— En fait...

Chemisier noir ne sait pas si elle va oser, elle hésite...

— Les Africaines, en général, c'est à éviter... je t'assure.

Voilà. Bottes de cow-boy – la chaussure droite pointant par saccades son bout pointu et ferré vers le plafond – a osé.

— Souviens-toi de tous les ennuis que t'a causés Aminata...

Aminata. Origine : Mali. S'est occupée de Lili pendant presque un an. A donné entière satisfaction – elle portait l'enfant dans un pagne, à l'africaine, sur son dos (c'était tellement mignon !), et leur faisait du riz wolof – jusqu'à ce qu'on apprenne que son fils avait des ennuis avec la justice. Absences répétées, demandes inopinées de congés. Il a fallu la congédier.

— Aminata... elle a pas eu de chance, nuance-t-elle. Ça peut arriver à n'importe qui d'avoir un fils qui déconne.

— Peut-être, mais tu m'ôteras pas de l'idée que les Africaines sont… comment dire… plus… euh…

— Sont plus nonchalantes, achève Chemisier noir.

L'espace d'un instant, de rien, même pas une seconde, un silence gêné les gagne, les statufiant, immobilisant jusqu'aux bottes de cow-boy qui restent coites. Elles ne voudraient pas qu'on se méprenne sur leurs intentions, qu'on pense qu'elles sont… hum… car enfin elles ne sont pas… euh… non, définitivement, non.

— C'est *culturel*, tente Bottes de cow-boy, aux aguets, doutant de la solidité de l'argument.

Le silence, toujours, les comprime dans ce grand salon. Mais Charlie lâche un rot sonore et le malaise subitement se dissipe. L'atmosphère vire à la congratulation mutuelle : on félicite l'enfant et on acclame l'évidente subtilité de point de vue de Bottes de cow-boy :

— Évidemment !

— Bien sûr !

Et la conversation reprend, car il y a tant et tant de choses à dire :

— Les Algériennes sont dolentes.

— Les Marocaines gavent les enfants.

— Il faut se méfier des Asiatiques.

— Elles te la font à l'envers.

— Avec un sourire grand comme ça.

— Les Polonaises sont tristes.

— Les Mexicaines sont sales.

— Les Comoriennes sentent l'huile de friture.

La conversation s'emballe comme une dynamo au bord de la rupture, et Chemisier noir se demande si elle va pouvoir placer cette anecdote pourtant édifiante – que toutes connaissent ici, mais là n'est pas la question, une bonne histoire reste une bonne histoire – sur cette nounou comorienne qui avait déboîté le bras d'un petit garçon. On entend cependant un bruit dans la serrure et la dynamo décélère avant de cesser tout à fait. C'est Lili, qui rentre de l'école avec sa baby-sitter – « une Suisse super », une étudiante aux Beaux-Arts qui a été recrutée pour lui parler anglais (et « élargir », encore). On entend les petites chaussures qui volent contre un mur et le cartable qui s'écrase sur le sol avant d'être délicatement rassemblés dans un coin, à leur place, par une présence invisible, une main discrète et soumise. La fillette apparaît alors dans le salon, suivie de la nuée électrique de ses cheveux blonds presque blancs, une sorte de prodige de génétique occidentale. Elle en avait réellement pris la mesure lors d'un voyage au Vietnam : les passants convoitaient les cheveux de Lili comme un talisman ; ils voulaient les toucher, les photographier. Elle avait fini par les cacher sous un chapeau.

— J'ai une bonne et une mauvaise nouvelle. Tu veux qu'on commence par laquelle ? demande la fillette qui a traversé le salon en voltigeant au-dessus des cases imaginaires d'une marelle.

— Euh… elle fait semblant de réfléchir, et comme ça amuse ses amies, elle en rajoute des tonnes, elle fronce la bouche et les sourcils. La bonne.

— Je suis invitée à un anniversaire !

— Oh mais c'est génial ma chérie. Et la mauvaise, alors ?

— Ben… c'est que la fille qui m'invite… elle est noire.

— Hein ?

— La fille qui m'invite. *Elle est noire*, répète-t-elle en chuchotant et en se cachant de Bottes de cow-boy et de Chemisier noir, consciente que ce genre de message doit appartenir au secret.

— Et alors ? Elle se compose un air de réprobation naïve, le même qu'elle affecte quand Lili veut mettre ses sandales par temps de pluie.

La fillette embrasse le front de son petit frère et se colle à sa mère ; elle caresse le précieux faux clou en or qui s'enroule autour de son poignet et d'une voix douce et suppliante demande :

— Est-ce que je pourrai y aller ? S'il te plaaaît…

Elle secoue vivement sa main, comme pour chasser une mouche ; en un instant, son visage se pare de ces gros yeux qui font peur aux enfants. Ce n'est pas seulement de l'agacement, elle a honte, elle se sent même transie dans le regard de Bottes de cow-boy, qui, par gêne, va instantanément voir ailleurs, vers les trois dessins au lavis. Elle en aime les couleurs, elle les trouve « gais », mais, franchement, un enfant de trois ans pourrait faire pareil. Chemisier noir a saisi son téléphone portable et, tandis que son index glisse sur l'écran en de gracieuses spirales, elle se dit que ce n'est plus le moment pour raconter l'anecdote de la nounou comorienne, car quelque chose vient de se produire dans ce salon, quelque chose de singulier qui a comme arrêté le cours du temps et les embarrasse, terriblement.

— Depuis quand c'est un problème d'aller à l'anniversaire d'une petite fille noire, Lili ?

La fillette, qui est bien élevée, voudrait répondre, alors elle prend la peine de réfléchir, de compter confusément (elle mélange les mois et les années). Depuis quand, depuis quand... elle cherche, le nez au-dessus des bouclettes de ses chaussons, et pendant ce temps-là, elle, sa mère, pense à la Barbie choisie *exprès* pour ses yeux de Cléopâtre et sa peau caramel, et qui est assise dans un coin de la baignoire, ses bras raides et stupides tendus en avant ; elle pense aux vacances au Sénégal, au Maroc, qu'ils ont passées en famille, aux couscous qu'ils ont mangés avec trois doigts et aux fleurs de henné qu'une gamine de Fès avait dessinées sur les avant-bras duveteux de Lili, de jolies fleurs qui avaient pris une vilaine teinte orangée, sale, au bout de quelques semaines et qu'elle avait essayé de poncer avec un gant de crin, alors que la fillette hurlait dans son bain. Elle pense à tout ça et il faut bien dire ce qui est, elle est déçue, oui, déçue que Lili se montre si peu à la hauteur du programme d'élargissement d'esprit qu'elle s'est fixé pour elle.

Lili a envie d'opter pour « deux ans », qui se confondent, dans son raisonnement de petite enfant, avec « toujours », « toujours » ne pouvant être envisagé comme réponse, pressent-elle alors que le regard noir de sa mère pèse sur son front, la forçant à baisser les yeux. Et elle se rend compte alors que c'est précisément ce qu'on attend d'elle, qu'elle courbe le dos et se morde la lèvre et qu'elle écoute, coupable, docile, la réponse qu'a préparée sa mère et qu'elle assène, fléchant ses amies du regard, comme si ces paroles leur étaient destinées :

— Tu peux pas dire ça. On ne doit pas faire de différence entre les Blancs et les Noirs. C'est… c'est *raciste*. Tu comprends ?

Charlie est secoué par les tapotis nerveux de la main de sa mère dans son dos, comme si elle voulait à tout prix en tirer un rot. Mais le petit n'a plus envie de roter et les amies n'ont d'ailleurs plus vraiment envie de rester. Chemisier noir qui a, peut-être plus encore que les autres, horreur du silence, et qui a une résistance très faible au malaise, aux ambiances gâchées, ces moments dont on dit qu'« un ange passe » alors que c'est tout le contraire, dit timidement, marchant sur des œufs :

— Tu as raison, faut vraiment rien lâcher... Avec tout ce qu'ils entendent à l'école...

Bottes de cow-boy n'aurait pas dit mieux.

— Mais je vous ai même pas proposé à boire, dit-elle alors, la voix légère, regardant sa montre. Vous voulez quelque chose ?

Lili s'en va jouer dans sa chambre, suivie par la baby-sitter suisse dont on n'a même pas vu le visage, et ainsi, les choses reprennent leur cours.

— Vous connaissez Élodie, cette fille qui avait embauché une nounou comorienne ? commence Chemisier noir.

À travers le tissu éponge du pyjama, ses doigts qui ont cessé de tapoter suivent le trajet d'une bulle d'air qui remonte depuis les profondeurs de l'appareil digestif de Charlie. L'enfant finit par exécuter un rot parfait, si énorme, si faramineux, qu'il semble même le surprendre. Voilà qui les ravit, les comble de joie, au point qu'elles s'exclament de concert : « Abdullah ! » avant d'éclater de rire.

Shalimar

Elle espérait que la petite blonde serait là, celle qui avait un drôle de visage en forme de cœur. Elle se contentait d'être aimable et souriante – en somme, ce qu'on exigeait d'une bonne vendeuse. C'était pas comme l'autre, sa collègue, une blonde aussi, mais moins gracieuse, et beaucoup trop maquillée. Celle-là demandait toujours : « Est-ce que je peux vous aider ? » avec un air suspicieux.

Aucune des deux n'était là. À 10 h 10 - 10 h 15, elle repéra le flacon rétroéclairé dans une mandorle, le liquide vermeil, le bouchon facetté comme une pierre précieuse. Elle n'hésita pas une seconde. Elle fonça. Tout en commençant à dénouer son foulard en soie, celui qui figurait des petits chevaux en bois galopant dans un carrousel et qu'elle faisait volontiers passer pour un Hermès. Elle n'eut pas même un regard pour « Shalimar souffle d'oranger » et sa version « intense » dans un flacon bleu nuit, des produits dérivés, pas très authentiques

– d'ailleurs, ils étaient moins chers. Non, elle savait ce qu'elle voulait, elle voulait le « véritable philtre de féminité » comme il était annoncé en lettres dorées sur les emballages blancs, brillants – merveilleux – rangés de part et d'autre du flacon. Elle se saisit vivement du vaporisateur. D'abord une pression sur le sternum, à l'endroit de son pendentif – un trèfle à quatre feuilles en nacre qui était vraiment tout pareil (sauf le prix !) aux Van Cleef – puis autour de son cou – une, deux, trois, quatre, cinq pressions. Oh… quel parfum… Elle s'en mit derrière les oreilles, à la base des cheveux, puis dans son chemisier. Elle se décolleta en catimini, défaisant deux ou trois boutons et appuya tellement fort sur le pulvérisateur qu'elle sentit le jus couler entre ses seins.

Rapide volte-face tandis qu'elle se reboutonnait : toujours pas de vendeuse sur zone – elle crut remarquer la silhouette de la fille trop maquillée, discutant devant les vernis et les rouges à lèvres avec une collègue, mais pas de quoi se hâter. Elle shalimarisa méthodiquement son foulard, puis son sac à main – une contrefaçon Yves Saint Laurent qu'une nièce lui avait rapportée d'un marché aux faux, en Chine. Elle se sentait suffoquer dans le parfum ; la note un peu grasse de vanille, d'abord imperceptible derrière la bergamote, commençait à l'écœurer, mais c'était… oh… tout ce Guerlain gratuit… c'était *puissant*.

Il fallait reposer le flacon maintenant, il fallait y aller avant que la vendeuse rapplique et lui fasse une remarque désagréable de sous ses sourcils dessinés au marqueur. Elle en avait eu assez. Cependant sa main faisait seulement *semblant* d'obéir, et ses doigts, qui caressaient négligemment les fils de soie du pompon sur le goulot, projetaient déjà d'appuyer sur la détente du vaporisateur. Elle en voulait encore, nom de Dieu ! Elle jeta un œil par-dessus son épaule vers les rouges à lèvres, où le regard de la vendeuse, comme s'il n'attendait que ça, le cueillit d'un coup sec. Elle se retourna précipitamment et on se demande alors ce qui lui passa par la tête, parce qu'au lieu de filer à l'anglaise – elle aurait échappé au teint plâtreux de la fille –, elle écarta la ceinture élastique de sa jupe – c'était pratique ces ceintures élastiques – et une pluie fine de Shalimar mouilla sa culotte. Oh... c'était trop... vraiment c'était trop... mais... ohhhh... ça valait le détour.

Pantelante, elle reposa le flacon dont elle jaugea le niveau (pour la prochaine fois), puis elle prit la direction de la sortie, le regard vague, ne marchant plus très droit, avec une légère envie de vomir.

— Vous n'avez pas trouvé ce que vous cherchiez ?

La vendeuse avait surgi en travers de son chemin. Son air faussement désolé l'exaspéra. Alors quoi, on n'avait plus le droit de déambuler tranquillement dans les allées des Galeries

Lafayette ? Il fallait rendre des comptes à des jeunes femmes qui portaient des strass sur leurs faux ongles ?

— Non, en effet, répondit-elle avec cette mauvaise humeur native, cet air de dédain qui lui avait fait obtenir tant de choses dans la vie : des échantillons gratuits en pharmacie, des dérogations en tout genre, des exonérations d'amende, une place en crèche pour son petit-fils.

Elle franchit la porte, la tête haute mais un peu nauséeuse quand même. Puis l'air de la ville se mélangea aux brumes enchantées de Shalimar. Elle pensait que partout où elle allait, elle laissait un chemin doré et parfumé. Elle ne voyait pas les gens qui se retournaient sur son passage, les narines agressées, une expression de dégoût sur le visage ; elle était au paradis. Elle venait de prendre son bain de Guerlain quotidien.

La Sainte Famille

L'enfant va crier. C'est l'affaire d'un quart de seconde durant lequel le S de Superman sur son haut de pyjama s'étire tandis que son ventre s'emplit d'air. Il se tient debout, raide de colère, dans un coin du salon qui fait penser à ces dépressions de terrain où vient s'accumuler, poussée par le vent et la pluie, une multitude de feuilles mortes, brindilles, vieux papiers, bouchons en plastique. Là, ce sont des tickets de bus usagés, un stick à lèvres, une peluche girafe, quelques objets indéterminés – un œil d'une figurine Olaf de *La Reine des Neiges* ? – des petites voitures, une craie grasse, la carcasse d'un rouleau de scotch et des gourdes de Pom' Potes vides, qui sont à l'origine de cette scène. L'enfant en veut une autre et sa mère est prête à céder pour mettre fin au hurlement qui s'est maintenant déclaré et a dégonflé le S de Superman. Elle tient bon, car un souvenir désagréable se rappelle à elle, la voix d'un interne en médecine, un gamin de vingt-cinq ans qui lui avait dit, et avec quelle arrogance ! : « Votre fils, faut qu'il mange autre chose que des Pom' Potes si vous voulez qu'il fasse caca. » Ils avaient patienté trois heures dans un couloir des urgences au milieu d'enfants éclopés, anesthésiés par la douleur ou une forte fièvre, et c'était pour se faire dire ça.

— Georges, loulou, tu veux voir les lapins sur mon téléphone ? Oui ?

L'enfant se dit qu'il est gagnant avec les lapins, alors, le profil bas, il grimpe sur le canapé et tend ses petites mains pour saisir le téléphone. Ses yeux restent humides, mais les larmes sont loin et son visage s'illumine comme par magie dans la lumière bleue. Le père Noël pourrait bien débarquer dans le salon que ça ne remuerait rien ici-bas. « Waaaaaah haaaaaaaaaa ahaaaaaaaa », chantent les Lapins crétins. Il les adore.

— J'ai réfléchi… Paul avale une gorgée de bière qu'il boit au goulot. Je veux le meilleur pour notre fils.

Il se détourne alors, soudain gêné par les braillements de la vidéo derrière lui.

— C'est un peu fort le son, non ?

L'enfant ne réagit pas. On croirait sa réplique en cire.

— Et donc… ? Eva le relance, pour la forme seulement, car elle sait où il veut en venir, et elle se réjouit de la conclusion qui se profile.

— Et donc, ben… on va aller rencontrer la

directrice de la Sainte-Famille. Pour voir… faire connaissance.

— Une première prise de contact, quoi, ajoute-t-elle froidement, parce qu'elle veut montrer un visage tempéré, conforme à l'image qu'ils ont d'eux-mêmes : des gens ouverts, modernes, et réfléchis, qui se méfient de leurs impulsions.

Mais si on grattait un peu, rien qu'avec le bout de l'ongle ça suffirait, on verrait tout à fait autre chose, on verrait qu'ils ont pris leur décision dans le feu de la première émotion, sans rien peser, ni pour ni contre, et que Georges n'ira pas à Jules-Ferry, le groupe scolaire à deux cents mètres de chez eux. Ils le savent depuis ce jour où ils ont visité l'école en compagnie d'une dizaine de parents si… *différents* d'eux, qu'ils en ont ressenti un profond malaise, encore que la difficulté ne provienne pas tant du malaise que de la cause de celui-ci, car cette cause n'est pas communicable, même pas entre eux qui sont mariés depuis cinq ans, aiment les mêmes films, lisent les mêmes livres, et glissent, à chaque élection, le même bulletin de vote dans l'urne transparente. C'est vrai, comment s'avouer que ces parents leur ont fait peur, alors qu'ils n'avaient rien d'effrayant ou d'hostile ? Comment s'avouer que la perspective d'accompagner Georges à un goûter d'anniversaire chez la dame aux paumes orange de henné ou celle qui portait une pastille rouge sur le front et parlait un français liquide rempli de « l » (sans parler de l'homme tatoué jusqu'au cou) est inimaginable pour eux ?

Cet après-midi-là, Eva se fichait pas mal des bénéfices pédagogiques du pont de singe dans la cour de récréation, et les mobiles en pots de yaourt qui pendaient des plafonds ne lui ont pas fait lever les yeux. En dehors de l'infecte odeur de pieds qui venait des tapis de sol dans la salle de motricité, et du concept de « boîte à doudous » – une aberration sanitaire, une boîte noire de contagion – elle n'a pas retenu grand-chose de cette visite. Quand il a été question de cocher une case dans le formulaire d'inscription pour demander des repas sans porc à la cantine, elle a dressé l'oreille – on aurait dit un chien qui attend la balle – car ce genre d'information bénéficie toujours de toute son attention, c'est plus fort qu'elle, une sorte d'instinct : elle s'en fait des statistiques qui se mêlent à sa petite mélasse politico-philosophique. Le reste – horaires, règlement intérieur, etc. – lui est largement passé au-dessus de la tête.

L'essentiel pour elle était ailleurs, il résidait dans la déception panique de ne pas trouver dans l'école de quartier ce qu'ils étaient venus chercher, c'est-à-dire eux-mêmes. Alors qu'elle suivait le groupe, collée à Paul, sans un regard pour les WC miniatures alignés dans les toilettes, Eva s'impatientait comme une mouche qui s'épuise à vouloir traverser une vitre : il n'y avait pas une seule, pas une fichue personne *normale* autour d'eux. Par *normale* elle entendait avocat, médecin, directeur marketing, entrepreneur, cadre chez Ernst & Young, L'Oréal, Procter & Gambel, une start-up des fintech ou de l'agroalimentaire, peu importe, mais quelqu'un de normal, quoi ! Qui loue une maison avec piscine, l'été, dans le Luberon, ou projette un nouvel an à l'île Maurice. Qui mange bio, fait du footing, du yoga, sait quel vin accommoder avec un plateau de fruits de mer et ne laisse jamais son téléphone à charger toute une nuit par souci écologique. Ce n'est quand même pas la lune que de vouloir son fils entouré de telles personnes, du lundi au vendredi, toute l'année, hors vacances scolaires.

C'est ainsi que Jules-Ferry s'est retrouvé sur la touche, enfin... pas tout à fait ainsi, car cette conversation sur qui est normal et qui ne l'est pas, les parents de Georges ne l'ont jamais eue. Ils auraient pu, et ils auraient été étonnés – rassurés – de tomber si strictement d'accord, mais un tabou les a retenus. De la même manière qu'on préfère s'épargner une descente à la cave si l'on sait qu'il s'y trouve un cadavre en décomposition, ils ont préféré ne pas parler de ce que leur inspirait l'homme tatoué ou la femme aux mains orange. Ils ne voulaient pas altérer leur bonne conscience. Ils voulaient demeurer les personnes qu'ils croient être, des gens *fondamentalement* pour le vivre-ensemble (si du moins

« vivre ensemble » suppose de ne pas être collés aux autres et soumis à leurs remugles).

Ils s'y sont pris autrement, donc, et pas de façon très honnête, en faisant témoigner une rumeur (témoin d'autant plus labile qu'ils ne savaient pas trop si les bruits concernaient Jules-Ferry ou une autre école publique).

Eva : Il paraît que c'est tellement sale là-bas qu'une des maîtresses a eu la gale.

Paul : C'est quoi, c'est la cour des miracles, leur école ?!

Et déjà la pensée qu'on ne peut pas mélanger tout le monde semait un chemin de petites graines dans leur esprit. Certaines idées se doivent de rester à l'état d'idées, parce qu'elles ne résistent pas à l'épreuve du réel, elles se brisent comme des vagues sur un récif. On peut rêver sans fin d'un monde sans pauvreté – ils sont pour ! ils votent pour ! Qui peut décemment s'opposer à l'abolition de la pauvreté, hein ? – sauf que l'humanité est ainsi faite : il y a les riches et il y a les pauvres, et rien, certainement pas eux, Eva et Paul, deux têtes d'épingles perdues dans l'immensité, ne pourra changer cet ordre-là. C'est exactement pareil avec l'égalité, la preuve en est que les gens ne sont pas *également* propres. Il y en a de plus sales que d'autres.

Paul a ajouté avec une pointe de mépris :

— T'as vu les matelas par terre pour la sieste des petits ?

Elle n'avait pas vu, non, parce qu'elle était trop occupée, fascinée, répugnée, par les tatouages – des créatures imaginaires, des sirènes, des spirales, des yeux sans visage et, étrange intrus dénué de mystère dans cet ensemble bizarre, un ananas – de l'homme, dans la visite.

— Par terre ?

— On va se laisser le temps de réfléchir, a finalement proposé Paul qui s'est mis à frotter nerveusement le bras d'Eva, comme pour la consoler.

— Oui.

Mais c'était tout réfléchi. Ils inscriraient Georges à la Sainte-Famille.

*

Dans le carnet qu'elle emporte toujours avec elle et où elle note toutes sortes de choses, elle s'est fait un pense-bête sur les fêtes chrétiennes qui ne comble cependant pas son ignorance au sujet de la Pentecôte et de ses étranges « langues de feu ». À quelques secondes d'entrer dans le bureau de la directrice, cette lacune la rend anxieuse.

La porte s'ouvre enfin sur une grande pièce voûtée, historique, s'ils en croient les traces de polychromie, héritage d'une fresque ancienne au plafond. Eva pense deviner un oiseau dans un feuillage, et peut-être une grappe de raisin ; elle les admire, les trouve précieux, avant de déplorer le crépi sale qui recouvre le reste de la voûte. Dans cet endroit malcommode, un bureau très fonctionnel a été aménagé, avec armoires métalliques, machine à expresso, photocopieur laser et un canapé conçu pour qu'on s'y tienne droit et dans l'inconfort. Certainement l'œuvre de la directrice – une petite femme maigre qui porte sa montre à droite, et non pas à même la peau mais sur le poignet de sa chemise. Elle doit être maniaque, pense Eva. Dans sa fonction, ça ne peut pas vraiment être un défaut.

— Vous connaissez la Sainte-Famille ?

— Oui.

— Oui… enfin, au moins de réputation, ajoute Paul.

La directrice découvre ses dents dans un sourire anti-amical, prend une légère inspiration avant de se lancer dans un discours qui semble la lasser quelque peu :

— C'est donc un établissement privé, sous contrat, qui assure une mission de service public, à savoir l'éducation des enfants, depuis la petite section de maternelle jusqu'au bac, et même au-delà, puisque nous avons deux classes prépa. Mais la Sainte-Famille a quelque chose en plus, vous vous en doutez, sinon vous ne seriez pas là… enfin j'imagine ?

Tout autour du bureau, punaisés directement sur les murs ou sur un tableau de liège, Eva remarque des cartes postales de Lourdes, des images de la Vierge et une reproduction des angelots rêveurs de Raphaël. Sur une photo, elle voit un grand sapin de Noël et des enfants à la queue-leu-leu, timides, soumis, les mains derrière le dos, face à un homme en blanc – sans doute une sorte de père Noël, pense-t-elle avant de comprendre que c'est le pape. *Quelque chose en plus*, donc.

— Nous accueillons tous les enfants. J'insiste sur ce point : la Sainte-Famille est une école résolument inclusive. Ici, nous avons des élèves de confession musulmane et des petits bouddhistes, aussi.

Un vrai sourire éclaire alors son visage sec, comme si ces « petits bouddhistes », étant la chose à la fois la plus saugrenue et mignonne du monde, faisaient sa joie, comme un panier de chatons découvert dans un placard sombre.

Eva les imagine, petits bonzes en robe orange, le crâne rasé, un cartable sur le dos.

— L'enseignement religieux est facultatif. On n'y force, n'y encourage personne. *Mais*... il est vrai que dans un monde bouleversé comme le nôtre, ce cursus permet aux enfants de mieux connaître leur identité. Ça favorise les échanges, la réflexion. C'est très, *très* riche.

— Bien sûr.

Paul et Eva se sont préparés à ce rendez-vous. Ils ont répété comment acquiescer à tout, bannir les questions qui trahissent les doutes, ne pas errer. Faire semblant. Ne pas révéler que les parents de Paul sont incapables de se rappeler l'église dans laquelle on a célébré le baptême de leur fils, tant cet événement n'a pas de valeur pour eux. Contenir les souvenirs d'Eva et ses questions d'enfant sachant tout juste lire au sujet de tracts rouges, un peu effrayants, que sa mère laissait traîner partout dans la maison et qui montraient le pape Jean-Paul II sous un visage de détraqué : « Ne l'écoutez pas, ce type a du sang sur les mains. Mettez plutôt une capote. »

— Ce qui distingue la Sainte-Famille des autres établissements scolaires, ce n'est pas seulement son ancrage catholique – d'un geste flou, la directrice désigne au-dessus de sa tête un Christ de douleur, heureux comme tout, souriant, peut-être même fredonnant sur la croix – ce sont les valeurs qu'on partage : la solidarité, la fraternité, la spiritualité, et l'exigence… une certaine rigueur au service de l'excellence. On veut *le meilleur* pour nos élèves.

Eva se tourne discrètement vers Paul. Elle exerce une légère pression de sa main sur la sienne : est-ce qu'il voit ce qu'elle voit ? Georges dans vingt ans, diplômé de Polytechnique, Georges vêtu d'un sweat-shirt portant l'écusson de Harvard, Georges en costume-cravate dans un ascenseur de verre qui monte au dernier étage d'une tour de la Défense, Georges en photo dans *Challenges*. *Le meilleur*. Le meilleur pour leur fils.

La directrice leur indique le canapé, s'ils veulent remplir les papiers. Ils s'exécutent, un peu gênés car l'assise est faite pour légèrement moins de deux derrières, quand quelqu'un frappe mollement à la porte. Une tête dépasse, celle d'un homme jeune, vieilli trop vite, ou bien malade ou convalescent. En le voyant, Eva se dit qu'elle n'aimerait pas avoir à lui parler de près, à entrer en contact avec son haleine. Il porte une barbe indigente, pas taillée, et qui fait penser à des poils de pubis. Au centre de cette barbe remuent des lèvres molles et squameuses, que n'arrivent pas à rattraper des dents plutôt blanches et nettes, reconnaît Eva. La tête avance un peu plus dans l'embrasure, et le corps qui y est relié finit par entrer tout à fait dans la pièce : un curé en soutane. C'est la première fois qu'Eva en voit un, en vrai. Elle se demande s'ils sont tous aussi dégoûtants.

— Françoise, désolé de t'interrompre, mais on a enfin fixé une date pour la représentation des *Vierges sages*. C'était laborieux, mais... ça avance ! Bon, si tu me cherches, je suis en répèt', avec les enfants.

Le curé s'en va. La directrice lance, comme pour l'excuser :

— Père Luc. Un original. Mais ses spectacles sont une véritable institution ici.

*

On peut dire que Georges a réussi son entrée à l'école. Il y a bien eu quelques chagrins, un ou deux slips mouillés, mais il ne lui a pas fallu plus d'une semaine pour s'acclimater et trouver sa place. Il aime sa maîtresse – elle s'appelle Aliénor, d'où, peut-être, ses incroyables chignons nattés sur lesquels une couronne irait très bien – il s'est fait quelques copains et ne jure que par la cantine. Ils ont fait le bon choix, se dit Eva à chaque fois qu'elle passe sous l'inscription « Institut catholique la Sainte-Famille » gravée sur l'arche du portail, ou qu'elle attend son fils à la sortie de l'école. Derrière la grille, elle cherche des yeux laquelle des petites blouses bleu marine ondoyant dans la cour appartient à Georges. Elle adore le regarder cesser ses jeux à contrecœur, puis s'élancer vers elle, les bras ouverts, soudain indifférent à l'animation qui l'entoure.

— Alors, c'était comment cette journée ? elle demande avec un enthousiasme exagéré. Super ?

Georges approuve d'un hochement de tête.

— Combien de fois super ?

Il ouvre les paumes de ses mains, et écarte les doigts pour signifier une somme encore théorique pour lui.

— Dix fois super ? Oh ben ça veut dire que c'était vraiment une belle journée.

De plus en plus souvent, elle profite de la sortie des classes pour échanger quelques mots avec d'autres parents, jusqu'à ce que Georges, tirant énergiquement sur sa main, l'oblige à prendre congé – ce qu'elle fait avec le sourire de la mère qui ne s'énerve jamais. Elle a ainsi rencontré Amandine (elle est responsable des réseaux sociaux chez Hermès), Pierre (il travaille dans une grande banque d'affaires) et Natalia (une Russe expatriée qui porte des bijoux très envahissants). Elle ne voudrait pas avoir l'air de trop espérer de ces moments, alors qu'elle en attend beaucoup, en fait, elle attend que se confirme ce qu'on lui a prédit sur l'école en tant que lieu de sociabilité : un endroit où l'on peut tisser de nouvelles amitiés, faire des connaissances *intéressantes* tant sur le plan personnel que professionnel. Cette prémonition se réalise chaque jour un peu plus, alors que se joue, à la grille de la Sainte-Famille, une scène du « vivre-ensemble » selon Eva :

Pierre : Cette école est super. Vraiment. J'adhère complètement au projet. Il y a le problème de l'anglais, c'est sûr...

Natalia : Ils n'en font pas en maternelle.

Amandine : Les parents peuvent s'en charger à la maison. Moi, mes enfants, je leur parle anglais, tu sais. Pour le *small talk*. Eh ben, ils sont hyper réceptifs. Et puis, il y a les voyages, ça entretient un peu.

Natalia : On s'était renseignés sur les écoles publiques du secteur pour Aleksandr. Mais c'est... comment dire... c'est... la décadence. (Elle dit « dikadionce »).

Amandine : *How was school today, darling ?*

Paul et Eva ont eu de longues conversations afin de savoir si Georges fréquenterait les cours d'éducation religieuse – une heure de puzzle ou de coloriage par semaine, encadrée par Père Luc et Mme Germain, une femme colossale qui porte un crucifix posé à l'horizontale sur la table que forme sa poitrine spectaculaire. Elle parle d'une voix douce et fluette qui fait peur à certains enfants qui croient qu'elle les mange. Ils se sont demandé s'il serait honnête que leur fils, qui grandit dans une famille où la Pentecôte et l'Ascension ne sont pas autre chose que des opportunités pour des week-ends prolongés, suive ce cursus. Ils en ont parlé, et parlé, évitant pourtant un point embarrassant mais capital du débat, à savoir la conviction que leur intégration (leur réussite) à la Sainte-Famille devait passer par Père Luc et Mme Germain, même si leurs têtes ne leur reviennent pas. Et puis ils ont découvert que Georges serait dans le même groupe de catéchisme que Valentin, le fils du CEO d'une plateforme de livraison de repas bio qui a régulièrement son portrait dans *Challenges*, et alors il n'y avait plus à hésiter, parce qu'une telle fréquentation valait bien qu'on se coltine les bondieuseries de Père Luc. Il ne leur restait plus qu'à trouver un prétexte, pour ne pas avoir l'air de… profiteurs. C'est alors qu'Eva a eu une révélation. Elle a vu venir l'argument parfait, nimbé de lumière, comme le brin d'olivier dans le bec de la colombe :

— Le christianisme, c'est nos racines, ça fait partie de notre culture. Georges saura ce qu'il y a derrière toutes ces églises qu'on voit depuis l'autoroute.

Paul l'a regardée avec admiration, comme si elle venait d'inventer l'éponge double face ou le Thermomix. C'est ainsi que chaque vendredi, Georges suit le groupe emmené par Mme Germain et Père Luc. Il aime bien. À cause des gâteaux et du jus d'orange. De temps en temps, Eva lui demande s'il est copain avec Valentin.

— Il sent le vomi, répond-il avec dégoût.

— Il sent peut-être pas le vomi *tout le temps* ?

— Si, tout le temps.

*

C'est toujours un moment difficile à passer, le moment où la mère d'Eva passe la porte de chez eux, qu'elle tend la joue vers sa fille et qu'elle lui rappelle le prénom qu'elle déteste :

— Bonjour Maeva chérie.

Plus difficile encore est de supporter, accepter, le mélange informe de couleurs et de tissus qui font la tenue de la mère d'Eva, ses bijoux ridicules – souvent un affreux caillou, on croirait un morceau de parpaing, pendu en sautoir et dont elle dit qu'il la « relie aux forces telluriques ». Sans parler du regard dédaigneux (en tout cas, c'est ainsi qu'Eva le perçoit) sur leur intérieur bourgeois, insipide, classique, quand c'est tellement plus joyeux et chaleureux de mettre des coussins par terre et de tendre les murs de tapisseries ethniques. Aujourd'hui, c'est un peu différent, car la perspective d'une conversation sur la Sainte-Famille – ils ne peuvent pas ne pas en parler – réduit ces tourments à de petites contrariétés bénignes.

La mère d'Eva s'assoit sur le canapé, s'étonne qu'il soit différent de la dernière fois :

— Vous avez changé de canapé ? elle demande, pour souligner que l'ancien était très bien – enfin *très bien* si on aime le design scandinave – et qu'elle ne comprend pas cette dépense qu'elle considère inutile.

Paul débouche une bouteille de vin blanc, remplit trois verres, en tend un à sa belle-mère. Elle le hume avec délice, puis se rencogne confortablement contre un coussin. Ils ont choisi exprès un pernand-vergelesses, son vin préféré, pour la ramollir. Elle en boit une gorgée, puis secoue la tête, comme s'il était bouchonné. Elle s'extirpe de son coin de canapé et repose lourdement le verre sur la table basse :

— Je comprends pas que vous ayez mis Georges dans une école catho. Qu'est-ce ça veut dire ? Que vous allez le baptiser, qu'il va aller aux scouts ? Tu sais, ça m'a fait un choc, Maeva.

— *Eva*, Maman.

Un jour, c'était dans une allée de la Fnac, on l'appelait encore Maeva, elle est tombée sur l'image de Jeanne Moreau dans *Eva* de Joseph Losey. Ce visage dur, déterminé, cette toque noire, l'élégance de la main qui tient la cigarette, elle s'est dit que c'était elle. Elle n'avait qu'à supprimer les deux premières lettres de son prénom et ce serait elle. Elle a acheté le DVD mais n'a jamais eu le courage de voir le film en entier – « trop chiant ».

Sa mère fait toujours mine de ne pas savoir pour le changement de prénom. Eva lui trouve le cœur dur sous ses chemises indiennes et ses colliers d'ambre, mais elle s'est juré de ne pas, de ne plus, être agressive à son endroit. Évidemment, tout aurait été plus simple si sa mère avait été *normale*. Une catholique, ou au minimum sympathisante, qui teint ses cheveux gris – elle les porte longs et acier –, s'épile les aisselles, est membre d'une chorale *normale* qui fait des reprises de *La Javanaise* et de *Yesterday*. Eva est allée une fois au spectacle de sa chorale gay (pourquoi intégrer une chorale gay quand on est soi-même hétéro, franchement ??). Quinze sexagénaires en pattes d'eph à paillettes chantaient des tubes d'Elton John. C'était suivi d'un apéritif où l'on servait du mauvais vin tiède dans des gobelets en plastique. Elle s'est dit *plus jamais ça*.

Georges déboule dans le salon. Il a une cape

de Zorro et une épée en carton coincée dans sa ceinture élastique.

— Ah ! Mais il est là mon petit prince ! s'exclame sa grand-mère.

L'enfant se laisse embrasser et soulever du sol jusque sur ses genoux. Elle lui dit dans l'oreille :

— Grand-mère Carole a un cadeau pour toi. Ça plaira peut-être pas à ta maman…

Eva soupire. Paul lui adresse un regard apaisant. Ça va aller. De la fermeté. Pas d'agressivité.

— …Mais moi je trouve que c'est vraiment important d'en avoir un.

Elle sort de son sac un paquet emballé dans du papier journal. Georges le déchire, tout excité. On dirait une petite épuisette, d'où pendent des franges, des rubans effilochés auxquels sont accrochés des bouts de bois flotté, un morceau d'écorce, un coquillage à moitié rongé par la mer, des papiers colorés. Eva lance un coup d'œil à Paul *: Qu'est-ce que c'est encore que cette merde ?*

— C'est un attrape-rêves. Tu pourras l'accrocher au-dessus de ton lit. Ça permet de capturer les cauchemars. Elle fait le geste d'enfermer de l'air dans son poing.

— Waouh !

Ça aussi, c'est une épreuve pour Eva, l'enthousiasme de Georges face aux cadeaux merdiques de sa grand-mère.

— Alors, raconte à Grand-Mère comment c'est l'école. C'est bien ?

— Oui.

— Tu as des copains ?

— Oui.

— Est-ce que tu apprends de jolies chansons ?

— Euh… Parfois on dit des prières.

— Ah bon ?

— On a dit une prière pour Jacques Chirac.

— Et tu sais qui c'était Jacques Chirac ?

— Euh… j'ai oublié.

— Vaut mieux oublier, va…

— Maman… souffle Eva, excédée. Puis, se tournant vers Georges : Loulou, ça te dirait de regarder les lapins sur mon téléphone ?

L'enfant lui arrache son iPhone et s'en va en courant, sa cape volant derrière lui. Les cris des Lapins crétins leur parviennent bientôt, assourdis, depuis le couloir.

— Maeva…

— Elle veut qu'on l'appelle *Eva*, la coupe Paul, pas très loin d'être agressif.

— Toute ma carrière, poursuit-elle, nullement gênée par cette interruption, je me suis battue contre l'Église catholique, et…

C'est reparti. Eva connaît tout ça par cœur. Le militantisme de sa mère, l'association, l'affaire des préservatifs condamnés par le pape en pleine épidémie de sida, pitié ! Elle l'a entendue des milliers de fois, cette histoire. Mais qu'est-ce qu'elle veut, bon sang ? La convaincre ? De quoi ? Elle se fout de l'Église catholique ! Elle s'en contrecarre. Pourquoi perdre son énergie à se battre contre des gens qui prétendent que les premiers seront les derniers ? Qui remplissent d'eau bénite des petits bibelots dorés ? Eva laisse dire sa mère, fixe son attention sur autre chose. Le pied de leur lampe art déco en cuivre est devenu mat – elle demandera à Sylvia de le frotter avec du Miror – faudra aussi qu'elle regarde si elle ne trouve pas un tapis dans les tons ocre pour aller avec le nouveau canapé. Ocre, voire rouille. Mais Paul s'échauffe, il est en train de perdre patience.

— On n'est plus au Moyen Âge, Carole !

— Mais je ne te parle pas du Moyen Âge ! je te parle d'hier, d'aujourd'hui. Je te parle d'un gamin de dix-sept ans qui est venu nous trouver après s'être fait virer de chez lui – virer ! – parce qu'il était homosexuel. Avec la bénédiction de – devine qui ? – le curé de la paroisse. Je te parle de tous ces prédateurs sexuels qui sévissent dans…

— Maman, Maman, intervient Eva. On n'a pas inscrit Georges à la Sainte-Famille pour la religion.

— Rassure-moi, vous l'avez pas mis au catéchisme au moins ?

— Non ! répondent de concert Paul et Eva. Ils s'étaient mis d'accord sur ce mensonge, dont ils sont, dans l'immédiat, plutôt contents : Carole se penche vers la table basse pour récupérer son verre.

— On a choisi cette école parce qu'on adhère à ses valeurs. Il se trouve qu'elle est catholique, bon : *nobody's perfect.* Je sais ce que tu vas me dire, que l'autorité, l'élitisme, ce ne sont pas des valeurs, mais pour nous, c'est important ! Dans cette école, les familles se soucient de la réussite scolaire de leurs enfants et...

— Et c'est pas le cas ailleurs ?

— Mais ouvre les yeux, Maman ! Aujourd'hui, les parents laissent leurs enfants s'abêtir devant les écrans.

— C'est sûr, il vaut mieux confier leur éducation à des pédophiles.

Eva ne compte plus les couleuvres que sa mère lui a fait avaler et celle-là aurait pu glisser sur elle, rater sa cible, sauf que Georges a pointé son nez dans le salon et qu'il demande : « C'est quoi un pélofil ? » Alors là, elle voit rouge, elle s'imagine saisir une pleine poignée des cheveux de sa mère et traîner son corps (qui se laisserait faire et serait aussi léger qu'une poupée de tissu) jusqu'au palier, avant de claquer la porte.

— C'est rien, loulou, dit-elle, alors que Carole lève les yeux au plafond.

L'enfant s'approche d'Eva, lui tend son téléphone, non pas qu'il veuille le lui rendre, c'est juste que les Lapins crétins ont disparu de l'écran, chassés par une pub pour un jeu vidéo – le combat sanglant de deux Vikings à tête de taureau (heureusement sans le son effroyable qui a été coupé suite à une fausse manip, pense-t-elle).

— C'est quoi un pélofil ? insiste-t-il.

— Tu sauras quand tu seras plus grand, elle dit, les yeux concentrés sur l'écran et la réapparition prochaine des lapins, mais l'esprit ailleurs, luttant contre une image qui y est entrée par effraction et dont elle pense, sur le moment, pouvoir se débarrasser, comme d'un petit tas de cailloux qu'il suffirait de mettre sur le côté pour ne plus le voir. Mais l'imagination est tenace, et les jours qui ont suivi, la vision de Père Luc emmenant des enfants dans sa soutane s'est si bien incrustée qu'Eva s'est dit qu'il lui faudrait vivre avec.

★

IMPORTANT! Vendredi 15 octobre, nous célébrons la Vierge Marie! Nous aimerions que tous les enfants viennent habillés en blanc et munis d'une fleur (rose, lys, marguerite...) blanche. Merci!!

Eva s'est habituée aux messages d'Aliénor dans le cahier de liaison de Georges, elle s'est faite aux points d'exclamation, cette liesse naïve qui lui piquait les yeux, au début. Il lui arrive de se demander si cette insensibilisation est bon signe. Elle pense alors à la grenouille qui, plongée dans une casserole d'eau chaude, ne s'est pas doutée une seule seconde qu'elle finirait bouillie. Mais elle se dit aussi que, dans l'histoire du monde vivant, seules les espèces qui ont su s'adapter, changer, et donc abandonner une part d'elles-mêmes, ont pu survivre. Le refus, la révolte vous empêchent d'avancer dans la vie, c'est évident. Il n'y a qu'à voir Carole, qui, en refusant d'être un médecin *normal* pour travailler à la petite semaine dans une association, s'est privée d'un bon salaire, d'une bonne retraite. CQFD. Eva a décidé qu'elle ferait partie de la Sainte-Famille, elle l'a choisi, dût-elle supporter la présence de Père Luc auprès de son fils (chaque vendredi, elle demande à Georges un récit minutieux de tous ses faits et gestes), les kermesses et les fêtes de la Vierge.

Il y a une chose, cependant, qui échappe au pouvoir de décision d'Eva et c'est même la pire des choses : la possibilité d'être rejetée, désignée comme membre illégitime du club, car elle sait que ce qui garantit l'intégrité d'une communauté, c'est le videur à l'entrée (et elle n'est pas bête au point d'ignorer qu'ils l'ont un peu baratiné). Pour la première fois de sa vie, Eva envisage l'hypothèse qu'elle pourrait se faire congédier. Ça arrive une après-midi, à la grille de l'école. Elle est avec Amandine et Pierre qui parlent d'un petit garçon dont elle comprend qu'il n'est pas, pas *vraiment*, catholique, ce qui leur pose un problème, comme si sa présence adultérait la bonne société de l'école.

Amandine : Ses parents prétendent qu'ils sont catholiques depuis des générations… mais bien sûr ! Des Chinois qui viennent de je ne sais pas quel bled à côté de Shenzhen et qui ont un Bouddha pendu à leur rétroviseur…

Pierre : Caroline m'a dit qu'ils ont baptisé le petit dans leur salon. Ils ont pris une bassine, et hop, c'était fait.

Amandine : Non mais quel genre de curé accepterait un truc pareil ?

Eva se cache derrière son approbation feinte. Elle fait mine d'être comme eux, de leur côté – des catholiques agacés qu'on vienne empiéter sur leur territoire. Il n'y a qu'ainsi, pense-t-elle, qu'elle assurera sa place parmi eux, en les imitant, en copiant leurs gestes.

Lorsque la fin d'année arrive, Eva se propose pour tenir le stand du chamboule-tout à la fête de Noël ; elle apprend par cœur *Douce nuit* et *Venez divin messie*, pour remuer correctement les lèvres devant la chorale des enfants. Elle signe un gros chèque pour l'amicale, en dépit des réserves de Paul, qui juge que c'est trop. Elle fait tout ce qui est dans ses cordes pour ne pas déparer. Elle ferme même les yeux quand elle surprend Père Luc en train de consoler un petit garçon qui refuse de chanter avec les autres et s'est mis à pleurer. Elle se dit qu'aucune loi n'interdit à un curé en soutane – même dégoûtant – de prendre un enfant sur ses genoux. L'argument n'est pas très convaincant, elle le fait entrer par force dans sa raison. Ça passe difficilement, mais ça passe. Jusqu'au jour où elle dérape.

— J'ai fait une connerie, dit-elle.

Ils sont couchés. Paul est en train de lire un

article de *Challenges* sur son téléphone. Il se tourne mollement vers elle :

— Comment ça ?

— J'ai vraiment merdé. J'ai dit qu'on était catholiques pratiquants.

« J'ai plié la voiture », « J'ai vidé le compte en banque », voilà qui serait vraiment préoccupant et constituerait une raison suffisante pour interrompre la lecture de son article : « Start-up. Les 11 commandements de Xavier Niel », mais un mensonge comme celui-là…

— Hein ? marmonne-t-il sans lever le nez de son écran.

— Y a une fille – Amandine, je t'en ai déjà parlé – qui m'a demandé dans quelle paroisse j'allais. C'est con… mais j'ai… j'ai paniqué.

— T'as dit quoi ?

— J'ai dit qu'on allait à la messe place des Carmes. Je sais même pas comment elle s'appelle, cette église. Je connais juste le nom de la place, à cause du Naturalia qui fait l'angle.

— Pourquoi t'as fait ça ? Paul pose son téléphone de mauvaise grâce (il lui reste trois commandements à lire).

— Je sais pas… je me suis sentie piégée. J'ai l'impression que dans cette école, si t'es pas tout à fait comme eux, ils te traquent.

— On paie pour cette école, et on paie *cher*, fait-il comme si le simple fait d'avoir payé faisait d'eux les rois de la Sainte-Famille. On n'a de comptes à rendre à personne. Qu'est-ce que t'avais besoin de leur dire qu'on allait à la messe ?

— Amandine m'a dit : "Ah, tu vas à Saint-Julien-des-Carmes ! Il paraît que c'est un nouveau curé là-bas, un jeune. Il est bien ?" Elle m'a demandé ça comme si elle parlait d'un lave-linge ou d'une machine à faire des smoothies.

— Qu'est-ce que t'as répondu ?

— J'ai dit : "Oui, il est bien." Et heureusement, j'ai pas eu à développer, genre à me lancer dans une dissert', sur la qualité de ses messes. Ça avait l'air de lui suffire. Surtout qu'elle est vite passée à autre chose, elle voulait savoir si je connaissais des gens. "Ah ben tu dois connaître Mathilde et Martin ? Une blonde pas très grande et un roux avec des lunettes ?" Elle était déçue que je les connaisse pas.

— Et après ?

— Après elle est partie… Rhhhh, je me sens mal, Paul.

— C'est pas si grave…

— Mais si elle me reparle de son roux à lunettes ?

— Ben tu dis que ça fait un moment que t'es pas retournée à la messe, qu'en fait t'y vas plus trop…

— On pourrait peut-être essayer d'y aller ? Juste pour voir ?

— Ça va pas la tête ! on s'en fout de cette fille. Ils ont qu'à penser ce qu'ils veulent.

Paul étend le bras pour éteindre sa lampe de

chevet. Eva voudrait qu'ils se parlent encore ; elle croit qu'elle pourrait le convaincre pour la messe ; ça la rassurerait tellement qu'il dise oui, juste pour une fois, pour essayer...

— Paul...

— On était d'accord : l'école privée catholique pour l'excellence, le catéchisme pour la culture générale, la kermesse pour la collectivité, et d'accord aussi pour déguiser Georges quand c'est la fête de la Vierge. Mais la messe, jamais. Ça serait vraiment pousser le bouchon. Allez, t'inquiète pas, dit-il en lui embrassant le front, je suis sûr que ce sera vite oublié.

Il y a des gens qui mettent un point d'honneur à se rappeler des détails insignifiants, toute une bimbeloterie de dates, de préférences, de deuxièmes et troisièmes prénoms, de liens de cousinage, de listes d'invités à un réveillon d'il y a dix ans, de revêtement de sol dans la salle d'attente d'un dentiste où l'on ne va plus. Amandine est comme ça. Elle n'a donc pas pu oublier qu'Eva lui avait dit qu'elle allait à la messe à Saint-Julien. Eva en a le pressentiment désagréable alors qu'elle marche vers la grille de la Sainte-Famille, un vendredi, peu avant 18 heures. Elle est encore loin quand Amandine lui lance un sourire qu'elle interprète comme le signe de ce lien nouveau entre elles – la blonde pas très grande et le roux à lunettes –, un lien qui repose sur un mensonge.

— Mathilde et Martin ne voient pas non plus qui tu es, dit-elle sans attendre, c'est bizarre, parce qu'ils y vont tous les dimanches. Ah… – elle fonde alors un espoir insensé : mais tu vas peut-être à la messe le samedi soir ?

Aller à la messe plutôt qu'au restaurant, au cinéma, à une terrasse de café, aller à la messe plutôt que de voir des amis ? Ça lui semble tellement exotique qu'elle nie en secouant vivement la tête.

— Alors, c'est vraiment étonnant…

Eva ne comprend pas pourquoi elle s'entête autant. En réalité, les personnes comme Amandine sont prêtes à sacrifier beaucoup sur l'autel des petits détails insignifiants.

— Faudra vous présenter, conclut-elle, comme si c'était la seule compensation possible à cette bizarrerie sociale.

Sa fille passe enfin la grille, elle lui demande :

— *Hey ! How was your day today ?*

La petite bougonne :

— Nul.

Sa mère réplique, cassante et souriante à la fois :

— *English please, Darling.* »

Puis c'est au tour de Georges de franchir le portail. Il tient à la main un coloriage de la Sainte Famille – Marie, Joseph et Jésus sur son lit de paille entre l'âne et le bœuf. L'enfant leur a fait les cheveux blonds, les yeux bleus, comme eux trois, Eva, Paul et Georges.

— C’est joli, mais t’as beaucoup dépassé, dit-elle.

— Maman… c’est quoi un pélofil ?

Le surgissement de ce mot, devant la grille de l’école et moins de cinq minutes après la sortie du cours de Père Luc, ce mot qu’elle s’efforce d’éloigner de la Sainte-Famille et d’elle-même bien qu’elle ne pense qu’à ça, lui fait perdre l’équilibre.

— Maman ! s’impatiente le garçon. C’est quoi ?

— Attends, je réfléchis… Elle cherche une réponse convenable, audible pour un enfant de trois ans : c’est quelqu’un qui n’est pas *gentil*.

Il y a beaucoup de concepts qu’elle définit ainsi à son fils, lui dessinant un monde coupé en deux, les « gentils » d’un côté, les « pas gentils » de l’autre (dans un geste prophylactique, elle a banni le mot « méchant » de son vocabulaire. Elle consent à son emploi dans les *Trois Petits Cochons* ou dans le *Petit Chaperon rouge*, mais pas pour désigner un aspect de la réalité).

— Pas gentil comme Mme Germain ?

— Parce qu’elle n’est pas gentille, Mme Germain ?

— Quand on s’agite, elle nous met au coin. Et après elle dit que c’est le Petit Jésus qui nous punit.

— Le petit Jésus ? Je crois qu’elle exagère un peu… Mais tu sais, pour avoir la paix, vaut mieux rester calme. Et obéir.

— Père Luc, lui il est gentil.

— Oh oui, j'en suis sûre, et elle pense alors qu'il faut qu'elle arrête de se faire des idées, que c'est une sale manie chez elle que d'imaginer toujours le pire. D'un geste ample du bras, elle conduit Georges tout au long d'un petit détour pour lui éviter une crotte de chien.

— Il dit qu'on sent bon.

— Qui ça, mon cœur ? elle demande, la tête ailleurs.

— Ben… Père Luc.

— Hein ?!

Sa mâchoire se serre, entraînant le durcissement de tous les muscles de son visage. Est-ce qu'elle a bien entendu ? Peut-être Georges a-t-il mal compris et que sortie de son contexte cette phrase n'a plus aucun sens, peut-être que…

— Il dit que nos cheveux sentent bon.

Eva s'est arrêtée au milieu du trottoir. Elle prend sur elle pour ne pas voir Anthony Hopkins du *Silence des agneaux* dans la soutane de Père Luc. Georges est surpris, inquiet ; les yeux de sa mère surtout lui font peur.

— Je voudrais comprendre, Georges. Est-ce qu'il s'approche un peu trop près de vous ?

— Même Valentin, il dit qu'il sent bon, alors que c'est pas vrai.

— Tu sais, faut pas non plus que les adultes soient *trop* gentils avec les enfants. Parce qu'après, on ne peut plus dire qu'ils sont *gentils*.

— Ils deviennent *pas gentils* ?

— Oui, c'est exactement ça. Alors maintenant tu vas me dire : est-ce qu'il vous touche les cheveux ?

Le petit secoue la tête, terrorisé. Il ne comprend pas comment on peut passer d'un camp à l'autre, des *gentils* aux *pas gentils*, il se demande si c'est comme au jeu des autruches et des crocodiles, où chacun est alternativement autruche et crocodile.

— Non.

— Est-ce qu'il vous touche à d'autres endroits ?

— Non.

— Il faudra que tu me le dises, s'il le fait. C'est important, Georges. Très, très important.

L'enfant le lui promet. Au moins pour que sa mère arrête d'être bizarre. Mais tout devient plus bizarre à compter de ce jour. D'abord, on retire Georges des cours de catéchisme, au prétexte de faux rendez-vous chez l'orthophoniste. Ensuite, Eva cesse d'être ponctuelle, parce qu'en arrivant à la grille à 18 h 10, elle est sûre de ne pas croiser Amandine, tout au plus sa silhouette qui s'éloigne et le mouvement de sa queue de cheval qui se balance sur ses épaules. Viennent alors les reproches. *18 heures ce n'est pas 18 h 10.* Elle a droit à plusieurs remarques des Atsem, avant que la directrice, d'une voix qui fait fuir les moineaux sur le trottoir, lui lance enfin, de derrière la grille :

— Est-ce que je peux vous parler un instant ?

Je vais essayer d'être claire : vous avez fait le choix de scolariser votre enfant ici plutôt que dans une école plus près de chez vous ou de votre travail. Ce choix, il faut que vous l'assumiez pleinement. À 18 h 12 (elle désigne le cadran de sa montre sur le poignet bleu roi de sa chemise), la Sainte-Famille est fermée.

— Je comprends, répond-elle, prenant les apparences d'une adulte responsable, ce que, à cette seconde, elle n'est plus : elle a huit ans, elle a dix ans, elle se sent déchue de son statut de femme *normale*, jetée au coin sous les acclamations d'un public cruel et moqueur, montrée du doigt par la directrice de l'école.

Elle n'ose même pas regarder autour d'elle pour voir si des témoins ont assisté à cette scène. Elle baisse les yeux vers Georges, qui est en train de faire rouler un mégot de cigarette sous sa semelle. « Viens, loulou, on s'en va », lui dit-elle pour qu'il se hâte.

Ce ne sont peut-être que des coïncidences, pense-t-elle les jours qui suivent, de simples hasards : Pierre pressé par un rendez-vous ; Natalia qui la salue de loin ; Amandine, si absorbée dans une conversation qu'elle passe complètement à côté de sa présence, ce n'est peut-être que la somme aléatoire des allées et venues autour du portail de la Sainte-Famille et non pas le résultat d'un acte délibéré, comme changer de trottoir, par exemple, qui marque une prise de position forte : « Je n'ai pas du tout envie de te voir. » Mais il arrive un jour où cela même se produit : Amandine, le regard oblique, rentre la tête dans les épaules et traverse la rue précipitamment pour ne pas croiser Eva. Il faut se rendre à l'évidence, on l'évite. Parfois plus poliment, parfois avec un sourire économe et un signe de la main pour maintenir la distance, mais le fait est qu'elle a été congédiée. Il ne sera plus jamais question d'organiser une rencontre avec la blonde pas très grande et le roux à lunettes, car sa présence dans leur cercle n'est plus souhaitée. Elle pourrait se dire que cela n'a pas d'importance – après tout, elle a plein d'amis, des invitations à dîner jusqu'en mars, et des week-ends au ski, à la mer, en veux-tu en voilà –, elle pourrait se dire (suggestion de Paul) qu'Amandine est une conne et Natalia probablement pro-Poutine, mais elle n'arrive pas à se départir d'un sentiment d'échec. Elle a échoué à la Sainte-Famille. Et le plus terrible, c'est qu'elle ignore comment : s'est-on rendu compte qu'elle n'avait jamais fréquenté Saint-Julien-des-Carmes ? que sa mère roule avec un sticker *Say no to the Pope* collé sur son parebrise ?

Elle hésite à dire toute la vérité à Amandine. Avouer sa faute, faire amende honorable, peut-être que ça aiderait. Les catholiques aiment pardonner, non ?

*

Trois cafés, c'était trop. Eva se sent si pleine de café qu'elle jurerait qu'il circule dans ses veines, affolant, déréglant tous ses organes. Paul, lui, est agacé parce qu'il a reporté un rendez-vous important. Toute la matinée, il n'a cessé de bougonner : « Dans une école *normale*, on se contenterait de la présence d'un seul parent. Pourquoi les deux ? C'est absurde ! Qu'est-ce qu'ils croient ? Qu'on est rentiers, qu'on n'a aucune contrainte professionnelle ? » Ils attendent dans le couloir qui mène au bureau de la directrice, le nez contre un panneau de liège où Père Luc a lancé un appel à candidatures pour sa future pièce : *On cherche des petits comédiens en herbe !!! Cette année, nous montons* Les vignerons infidèles. *Inscriptions à l'aumônerie !* Le message est souligné par le dessin naïf de quatre bonshommes souriants, barbe d'Ancien Testament, robe marron ceinturée par une corde et sandales, tels que Georges en a colorié des centaines. Jamais de Reine des Neiges, de châteaux forts, de licornes ou de camions de pompiers, toujours ces fichus personnages bibliques revêtus de sacs à patates. Eva lit l'annonce quatre fois, ça lui donnerait presque la nausée. Elle sort un paquet de chewing-gums de son sac ; en prend un ; en tend un autre à Paul. Tout en mastiquant, il soupire : « Pas très ponctuelle, la directrice. » La porte s'ouvre précisément à cette seconde, comme s'ils avaient été épiés. La directrice les salue en leur broyant la main, avant de leur désigner de son bras raide les chaises en face de son bureau. Eva ne s'attendait pas à de l'aménité de sa part, mais au moins un signe rassurant, l'indice que le *problème* qu'ils viennent régler ici n'est pas si grave.

— Je ne vais pas y aller par quatre chemins, commence-t-elle.

Ça commence mal.

— Depuis quelque temps, Georges parle beaucoup de "pédophiles".

Le mot l'embarrasse, elle l'entoure de gros guillemets en crochetant ses doigts, comme s'ils pouvaient lui ôter sa part de réalité.

— Il semblerait qu'il ne sache pas ce que cela signifie, ce qui est heureux...

— Ça m'étonnerait en effet qu'il...

— Néanmoins, la coupe la directrice, NÉANMOINS, ces paroles ont eu un effet extrêmement néfaste sur le climat de l'école. Et pile au moment où Georges arrête le catéchisme avec Père Luc et Mme Germain...

— Il a ses séances d'orthophoniste.

— Oui... enfin peu importe la raison de cette défection (elle vient de remarquer que Paul et Eva mâchaient tous les deux un chewing-gum, ce qui ne semble pas seulement l'irriter mais aussi la dégoûter), le problème, c'est que... comment dirais-je... ça a semé la zizanie. En plus d'affecter profondément Père Luc, qui s'est senti injustement visé. C'est très très très problématique. Dans le contexte actuel, un petit garçon qui parle de pédophilie dans une école catholique, ça génère énormément de tensions. J'ai eu des parents inquiets au téléphone..., certains parlent de *diffamation*...

— De la part d'un enfant de trois ans ? Pour un mot qu'il ne comprend pas ? Vous n'êtes pas sérieuse...

Le ton de Paul est agressif. Il a le droit. Il a payé pour ça. Cinq mille cinq cent cinquante-huit euros l'année (sans compter la cantine et le centre de loisirs du mercredi qui leur coûtent les yeux de la tête). Et on voudrait qu'ils la ferment ? Qu'ils se laissent traîner dans la boue parce que leur fils a prononcé le mot « pédophile » en présence d'un individu qu'aucun être normalement constitué n'aimerait croiser, la nuit, sur une aire d'autoroute, dans une allée sombre ou un parking souterrain. Non, ils méritent de se défendre, de dire ce qu'ils pensent. Il a oublié qu'à cette même place, dans ce même bureau, il y a quelques mois, il s'était fixé une règle contraire. Mais cela n'a aucune importance ; il ne va pas se faire raboter la conscience à essayer d'être poli avec Madame la directrice. Paul soutient son regard ; la provoque en écrasant bruyamment son chewing-gum entre ses molaires.

— Vous savez, les mots des enfants leur viennent des adultes qui les entourent.

— Et donc ? fait-il, presque menaçant. Qu'est-ce que vous insinuez ?...

Eva s'est mise en retrait. Elle pense à sa mère, sans qui tout cela ne serait jamais arrivé, elle pense aux lèvres molles et squameuses de Père Luc, aux manières fuyantes d'Amandine, aux sourires gênés de Pierre, au fait qu'on est en train de les congédier, oui, exactement, de les vider, eux, les vilains *diffamateurs*, les traîtres à la Sainte-Famille qui se sont abaissés à prêter foi à un cliché, qui ont *osé* se fier aux apparences (faut-il être hypocrite ou naïf pour nier que les apparences dirigent le monde ?) et tout cela forme au fond de sa gorge une nodosité, un corps dur – sa colère. Elle sent son cœur sauter dans sa poitrine alors que Paul l'incite du regard à exprimer cette colère et qu'elle s'encourage elle-même : *Tu vas le dire, tu vas oser le dire :*

— Excusez-moi, mais Georges m'a rapporté des comportements de Père Luc que j'ai trouvés extrêmement déplacés.

— De quel ordre, ces comportements ? La directrice penche la tête de côté, elle prend un air pénétré qui dissimule mal qu'elle ne changera pas d'avis au sujet de Père Luc.

Eva ne se démonte pas :

— Par exemple de dire aux enfants qu'ils sentent bon…que… qu'il aime l'odeur de leurs cheveux…

Elle se tourne vers Paul pour trouver la force d'ajouter :

— Mon mari et moi n'avons plus aucune confiance en Père Luc.

Les mains aplaties sur son bureau, la directrice fait le geste de lisser un pli sur une nappe. Elle étend le cou dans leur direction, comme si ce qu'elle allait dire tenait de la confidence :

— Vous savez, une école c'est un cercle de confiance. Quand la confiance est rompue, le cercle se casse. Je pense que vous devriez y réfléchir.

Alors qu'ils franchissent le portail de l'école, Eva sent comme la pointe d'une épée qui la frôle dans son dos et la pousse au-dehors. Les voilà chassés. Ils ne reviendront plus en arrière. Comme elle regrette… les petites conversations à la grille, les promesses d'invitations à dîner… pour un peu elle en pleurerait. Le chèque qu'elle a fait pour l'amicale, elle le regrette aussi. Elle aurait dû écouter Paul.

— On n'a pas été virés, entend-elle alors. C'est nous qui partons. On en trouvera d'autres, des écoles.

Eva se redresse, comme une plante asséchée qui recevrait soudain la pluie et retrouverait la force de s'étirer vers le ciel. Un sentiment neuf éclaire son visage, effaçant la colère, la honte.

— Je t'ai parlé de Bérangère ? dit-elle avec entrain, sûre de sa ressource. Mais si… Bérangère, la sœur d'Amélie. Elle a lancé une marque de biscuits sans gluten avec Hélène Darroze. Eh bien sa fille va dans une toute nouvelle école, d'inspiration scandinave.

Elle n'a aucune idée de ce qui peut résulter de ce « scandinave », si ce n'est un décor de murs blancs, des grandes baies vitrées, du parquet clair, un air de showroom Ikea, mais ça semble intéresser Paul, qui, comme elle, n'est pas du genre à juger une école sur ses choix pédagogiques.

— Les enfants ne mangent que ce qu'ils font pousser dans le jardin.

Il n'y aurait pas pensé, mais pourquoi pas.

— On pourrait les rencontrer, dit-il, un peu rêveur, optimiste, toujours en quête du meilleur.

Grève générale

J'aime les défis, sortir de ma zone de confort. (Même si c'est mentir un peu, se définir par le goût du risque. Employer des mots comme *agilité, disruption.* Ne pas montrer que le confort est sans doute ce qu'elle aime le plus au monde dans la vie ; sentir sous ses pieds le molleton de la moquette – la plus épaisse référencée chez Saint-Maclou – quand elle quitte son lit chaque matin.) *J'ai un tempérament d'entrepreneuse. J'ai monté ma boîte à vingt-cinq ans, elle existe toujours :* Baby Guard. *Une start-up qui propose un service de baby-sitting dans les hôtels.* (Surestimer ses atouts. Minimiser ses failles. Ne rien dire, évidemment, de la vente de ses parts pour un euro symbolique, ni même que Baby Guard se porte beaucoup mieux depuis qu'elle en est partie pour les raisons susévoquées.) *Pendant trois ans, j'ai été chef de produit maquillage chez L'Oréal, puis Marketing Manager, avant de passer chez Yves Saint Laurent Beauté. Aventure passionnante, vraiment. J'ai participé au lancement de la gamme Rock'n*

Shine. Et puis… mmmm… j'ai eu mes enfants. (Doper les petites fatigues du CV. Transformer trois ans et demi de congé parental en véritable opportunité professionnelle. Par une sorte de tour de passe-passe, lui donner ses lettres de super bilan de compétence. Espérer que, le moment venu, elle ne laissera rien paraître de son angoisse de reprendre le travail après un si long arrêt où elle a aimé être une femme d'intérieur, occupée par les purées carotte-patate douce, la pose du papier peint montgolfière dans la chambre des enfants et les séances de baby yoga. Manifester son ambition, mais dissimuler la peur qu'elle lui inspire.) *La maternité m'a fait prendre du recul sur moi-même et sur ma carrière. Après tout, un rouge à lèvres n'est qu'un rouge à lèvres.* (Elle aime la tonicité de cette phrase, sa portée philosophique. Oui, elle pense pouvoir dire *philosophique*.) *Aujourd'hui, je suis en quête de sens* (et surtout d'un salaire à pas moins de 4 000 euros par mois si elle ne veut pas finir étranglée par les mensualités de leur emprunt immobilier). *Je pense que Freshh peut satisfaire cette quête, parce que livrer des boissons fraîches en moins d'une demi-heure partout dans Paris, sur les quais, dans les parcs, c'est un projet qui… qui… a du sens… dans le sens où… hmmm… parce que…* Qu'est-ce que c'est que ce bordel ?? Boulevard du Temple, des camions blindés et un groupe de policiers en tenue de Robocop barrent l'accès à la place de la République. Elle roule au pas jusqu'à eux, abaisse sa vitre. Elle se démanche le cou pour que sa voix, plus naïve qu'elle, les atteigne :

— On peut pas passer ?

— Vous êtes pas au courant ? dit l'un d'eux, goguenard.

— Ben si, mais…

— Tout le quartier est bouclé, là. C'est la manif contre la réforme des retraites, ajoute un autre. Le mieux c'est de faire demi-tour.

Elle va pour s'arrêter quelques secondes, le temps de réfléchir à la situation. Elle se range sur une voie de taxi, est surprise par la secousse alors qu'un pneu mange le trottoir. Derrière elle, un chauffeur s'échauffe. Klaxon. Deux coups brefs. Un long. Et de nouveau un très long.

— Juste deux secondes ! crie-t-elle.

Les doigts tremblants, elle charge Waze sur son téléphone. Rentre sa destination : 9 rue de Madrid. Une carte s'affiche, saturée du rouge des parcours impraticables. *Estimated Time of Arrival : 16 h 12.* Une heure vingt-sept de trajet pour 4,6 km. Merde. Merde. Merde. Elle a rendez-vous chez Freshh dans quarante-cinq minutes.

Le taxi klaxonne à nouveau, puis la dépasse. Sur les lèvres du chauffeur, elle lit un « CONNASSE » articulé à l'excès. L'air brumeux scintille du clignotement des feux stop et des catadioptres des bicyclettes, qui se faufilent dangereusement entre les voitures. Dans le chaos sonore ambiant, elle distingue : « Elle va bouger son cul celle-là ?! » Au cas où l'insulte lui serait destinée, elle brandit son majeur, bien en vue, sous le rétroviseur. Il faut qu'elle s'exfiltre de cet enfer, qu'elle trouve un moyen de se garer. Elle prendra un Vélib, une trottinette, et elle filera comme l'éclair jusqu'au 9 rue de Madrid. Il lui reste trente-neuf minutes ; c'est jouable si elle trouve un parking.

Ça roule un peu mieux rue Charlot – elle grappille quelques secondes sur le timing de son GPS. Elle passe même la troisième dans la rue des Quatre-Fils, puis prend à droite, rue des Archives. Là ! Elle voit un panneau indiquant un parking, elle le suit, pleine d'espoir, mais le parking, tel un mirage, demeure introuvable. Là ! Un autre ! Elle tourne rue Pastourelle. Parcourt toute la rue. Rien. Alors elle tourne à droite, encore, comme s'il n'y avait pas d'autre option que de tracer des angles droits dans le quartier, carrés, rectangles, trapèzes, et tourner en rond.

Sur les trottoirs, les manifestants marchent d'un pas lent, sûr et joyeux, vers la place de la République. « La retraite on s'en fout on veut pas bosser du tout », disent leurs pancartes. Alors voilà pour quels messages puérils une ville entière se retrouve bloquée, les écoles fermées, les RER, les métros, les bus à l'arrêt. Ben voyons… Elle aussi aimerait ne pas avoir à « bosser », mais y a un moment… pffff… faut grandir un peu. Prendre ses responsabilités. Elle les regarde passer : une jeune fille en short, Doc Martens et bas résille, une autre aux cheveux verts, en sweat à capuche noir (elle fronce les sourcils), un couple de parents qui tiennent la main d'un petit enfant – tous les trois portent un gilet jaune marqué d'un poing fermé, comme prêt à cogner (moue désapprobatrice), des étudiants sans manteau qui frissonnent gaiement (regard méprisant pour la jeunesse inconséquente). Arrêtée à un feu rouge, elle se sent seule dans le *vrai* monde, sur ce sol rugueux qu'est la réalité ; le monde des gens qui s'habillent *normalement*, se couvrent d'un manteau quand il fait froid, « créent de la valeur ». Qu'est-ce que la maîtresse de sa fille en a à faire de la réalité ? Des 12 euros de l'heure que des parents doivent dépenser en baby-sitter pour lui permettre de déployer sa stupide banderole ? L'apparition d'une bouche de parking la débarrasse subitement de ses ruminations pour faire d'elle une machine de guerre. Elle recalcule mentalement son temps de trajet en Vélib. Elle a vingt-deux minutes devant elle. Trente, avec la tolérance accordée à un retard un jour de grève générale. Elle peut le faire. Elle peut le faire.

Dans la rue, elle se retrouve mêlée aux manifestants : la seule qui marche à contre-courant, la seule qui soit pressée par le temps. On la regarde comme si elle avait perdu quelque chose, un portefeuille, son téléphone, ou carrément la mémoire. Une femme aux lèvres épaisses et pâteuses de rouge à lèvres la hèle : « Hé ! c'est par là la manif ! » Elle voudrait disparaître ou que ces gens disparaissent. Elle a toujours détesté ces mouvements de foule dirigés par une pensée unique, les chansons criardes, les crécelles, *L'Internationale* scandée au tambour… Elle a trop chaud, elle a mal aux pieds, elle sent une ampoule lui pousser sur le talon, elle n'a plus, mais alors plus du tout, les idées claires sur son projet professionnel et la livraison minutée de boissons fraîches en milieu urbain, et toutes ces stations de Vélib qui sont vides ! Désertes. À l'exception de quelques engins tellement accidentés qu'ils ne ressemblent plus vraiment à des vélos.

Une petite vieille la bouscule, une femme ronde aux yeux rieurs, les cheveux blancs miroitant d'un reflet mauve. Elle porte un legging léopard et par-dessus son manteau un T-shirt XXL blanc où il est inscrit : « Faut pas pousser Mémé dans les orties. » Le slogan la détend un peu, et pour le sourire qu'elle esquisse elle se voit récompensée d'un clin d'œil. Il faut être réaliste, pense-t-elle, elle ne sera jamais à son rendez-vous. Petite silhouette échouée dans la foule mouvante, « Regarde ta Rolex, c'est l'heure de la révolution », « Macron démission », « Les boules, elles sont pas que sur le sapin », « Je lutte des classes », « La retraite, pas l'arthrite », elle cherche le numéro de Freshh dans l'historique de son téléphone. Se prépare à laisser un message. Inspire. *Votre correspondant est en ligne, nous lui indiquons votre appel par un signal sonore.* Raccroche. C'est mort, se dit-elle. Et comme plus rien ne sert de courir désormais mais qu'il faut bien aller quelque part, elle fait un pas devant l'autre, écrasée par les pancartes, seule, perdue au milieu des manifestants.

Elle suit le mouvement, elle dérive comme du bois flotté bercé par la houle. Ce n'est pas désagréable, au fond, de n'opposer aucune résistance, pas même à l'air glacé de décembre qui refroidit ses membres échauffés. Elle marche, et tout en marchant, elle pense qu'elle n'a pas toujours fui les manifestations, non, loin de là, et que si elle est vraiment honnête avec elle-même elle se souviendra de ce printemps joyeux : elle portait d'amples tuniques colorées qu'elle ceinturait d'une cordelette en cuir, ils se donnaient rendez-vous devant Jussieu. La fac était bloquée. C'était en 2005. Elle sortait avec un garçon aux cheveux noirs un peu fous qui fumait des cigarettes roulées – à l'époque, on pouvait jeter son mégot d'un geste impétueux dans la rue, sans risquer des remontrances ou une amende, et elle aimait sa façon un peu cow-boy de le faire. Il s'appelait Guillaume. Il était étudiant en bio, et se coulait une vie douce dans les cafés, les cinémas et ces bars enfumés où le sol vous collait aux semelles et où l'on acceptait qu'il joue de l'harmonica. Il avait monté un duo, Bob et Dylan, avec un ami dont elle a oublié le nom.

Une ou deux fois, il lui est arrivé de chanter avec eux, au milieu de la fumée et du brouhaha multilingue des soirées Erasmus. *Amazing Grace*. Il disait qu'elle avait une voix d'ange.

La première fois qu'ils s'étaient embrassés, c'était lors d'une manif, justement. Comme ils avaient couru à toutes jambes pour fuir les lacrymos, comme ils s'étaient réfugiés derrière une porte cochère. C'était beau comme du cinéma. À l'intérieur de ses grandes mains qui lui caressaient les joues, un tampon à l'encre rouge avait imprimé « Rêve générale », des dizaines de fois, le chevauchement des lettres rendant le message illisible sur toute la surface de ses paumes.

La « Rêve générale » avait duré quelques mois entre eux, à vivre la nuit, dormir le jour, tous les deux enlacés dans le lit une place de sa chambre dans un foyer de la rue Cujas. Elle l'avait quitté en même temps que la vie étudiante, en touchant son premier vrai salaire. Il s'était moqué du conformisme d'un tailleur pantalon noir qu'elle avait dû s'acheter pour se rendre au travail. Elle avait dit ne plus supporter son manque d'ambition. Fin de l'histoire. Une histoire finalement insignifiante entre une part d'elle-même trop juvénile pour qu'elle ait à en répondre et un mec qui était somme toute un peu con.

À sa connaissance, le duo Bob et Dylan a vivoté quelques années devant des étudiants bourrés et puis Guillaume a fini par se trouver un boulot, comme tout le monde, un boulot quelconque dans une administration ou un institut de sondage. Ainsi va la vie, il arrive toujours un moment où il faut se mettre au boulot. Elle se rend compte alors de l'incongruité de se retrouver ici, au milieu d'un groupe d'hommes coiffés de bonnets péruviens et qui ont entonné une chanson syndicale sur l'air des *Champs Élysées* de Joe Dassin. Qu'est-ce qu'elle fout là, alors qu'à cet instant, chez elle, une baby-sitter est payée 12 euros de l'heure pour s'occuper de sa fille qui n'a pas école ? Elle s'est complètement égarée. L'espace de cinq minutes, elle a oublié le froid humide et transperçant, elle a oublié qui elle était. Mais elle sait quoi faire, maintenant : rappeler Freshh, convenir d'un nouveau rendez-vous, trouver un sens à sa vie, ne pas rester une infirme du travail.

Elle essaie de couper en travers du cortège qui est devenu dense, elle se cogne aux pancartes, au visage d'Emmanuel Macron grimé en vampire, se fige un instant dans l'haleine grasse et chaude d'un homme aux grandes moustaches, tousse en inspirant des vapeurs de fumigènes, shoote dans une canette de Coca à moitié pleine qui se déverse sur ses bottines en daim, juste au moment où le voile d'un drapeau communiste tombe sur son visage, trempant de rouge tout ce qui l'entoure. Le trottoir, la frontière du monde *normal*, n'est qu'à quelques mètres ; elle lui tend une main et puis une autre, mais c'est comme si elle était prise dans des sables mouvants. « Laissez-moi passer ! » lance-t-elle. Ce à quoi répond une salve de « Macron ! Démission ! » Elle tente un « Au secours ! » et, en effet, ça marche, on lui fraie un passage, quelqu'un se propose même de la porter, de lui donner à boire. « Ça ira, ça ira, merci », répond-elle en regardant, dépitée, ses belles chaussures en peau retournée. Fichues.

Dans son dos, une voix qui se distingue à peine de la clameur de la manifestation dit son prénom, ou en tout cas un prénom qui se trouve être le sien – car il ne peut s'agir d'elle, n'est-ce pas, cette personne qu'on appelle ? C'est forcément une erreur, une méprise. Elle a aussi peu de chances de rencontrer ici quelqu'un de sa connaissance que de voir le président de la République remettre sa démission. Mais la voix se rapproche et s'entête. Elle se retourne sur un escogriffe aux cheveux poivre et sel, coiffés en un catogan négligé. Une aura blanche et parfumée – cannelle, fleur d'oranger, amandes grillées – qui provient de sa cigarette électronique flotte autour de sa personne. Connaît pas. Elle fait volte-face. Son cou se raidit en sentant une main osseuse sur son épaule : l'homme au catogan qui sent la corne de gazelle, encore lui.

— Guillaume !

Sa première impression n'étant pas communicable (« Mais comme tu as vieilli ! Comme tu es devenu laid ! »), elle ne trouve rien de mieux à dire que ces mots mensongers :

— Ça alors… tu n’as pas changé.

— Tu étais à la manif ?

— Euh… oui…

— C’est incroyable, hein ? Tu sens cette énergie… Il déploie ses grandes mains dans lesquelles semblent peser un trésor invisible qui l’électrise : C’est le Peuple. Six cent mille personnes dans la rue aujourd’hui. Ils seront obligés de la retirer leur réforme de merde. Tu fais quoi, là ? demande-t-il ensuite, d’une voix soudain redevenue plate et séculière.

— Eh bien, euh… d’un geste hésitant, elle désigne un bar, à quelques mètres d’eux.

— Tu vas prendre un café ? Je peux t’accompagner ?

— Heu… Oui. OK, OK.

Elle ne devrait pas, et pourtant c’est ce qu’elle fait alors qu’on vient prendre leur commande : elle compte les heures de la baby-sitter, les multiplie par 12, est parcourue d’un léger frisson en examinant le résultat. Tout ça pour rater un entretien d’embauche et prendre un café avec un ex dont le sourire niais et jaune de nicotine l’impatiente. Elle hoche machinalement le menton alors qu’il parle, un vrai robinet d’eau tiède anticapitaliste :

— Je vis dans un petit appart’. On me demande souvent pourquoi j’emménage pas dans plus grand, mais à quoi bon ? Je suis bien là où je suis. J’emmerde personne. Je dois de l’argent à personne. Je suis pas matérialiste. Je me suis marié deux fois, j'ai divorcé deux fois, eh ben, douze ans après j'ai jamais été aussi heureux. J'ai mon café, ma clope, ma terrasse au soleil. J'emmerde personne.

— Tu fais quoi maintenant ? elle demande, ses yeux distants visant le pull en grosse laine vert bouteille, le T-shirt, sale ou délavé, d'une couleur indéterminée qui dépasse du col pelucheux, l'absurde élastique en plastique arc-en-ciel qui attache son catogan gris. Le souvenir d'elle, attrapant une mèche de ses cheveux noirs et si souples, de leurs corps nus, peau contre peau, lui répugne.

— J'ai monté une école de musique qui repose sur le principe de l'apprentissage par le corps. L'idée, c'est d'essayer d'objectiver les sons et le rythme par un travail corporel.

— Ah ouais ?... Elle est sciée. Elle ne l'en aurait pas cru capable. Monter une école. Devenir entrepreneur. Faire venir des collaborateurs, des clients, à lui. C'est vachement... *disruptif*, dit-elle.

— Hein ?

— C'est hyper *innovant* comme approche de la musique.

— Ben... on est pas très nombreux à proposer ce genre de pédagogie. Les enfants sont réceptifs ; on a plein de familles qui viennent nous trouver après une mauvaise expérience dans un conservatoire. On a une approche plus créative, plus souple, aussi.

— Tu as trouvé ta voie… dit-elle, éteinte parce que triste et triste parce que jalouse.

— Et toi, qu'est-ce que tu fais ?

Elle répond, tirant sur un filet d'air qu'elle n'a pas fini d'inspirer, et ça rend sa voix pâle, fragile, presque douloureuse :

— J'ai eu mes enfants… J'en ai deux. Une fille et un garçon…

C'est injuste de se mettre à pleurer à leur évocation, parce qu'ils représentent le plus grand bonheur de sa vie, sa raison d'être, et pourtant elle ne peut s'empêcher de penser qu'elle ne serait pas là, aujourd'hui, à foirer dans les grandes largeurs, s'ils ne pesaient pas aussi lourd dans sa vie.

— Aujourd'hui, tu vois… Oh… Je suis désolée de t'infliger ça… C'est… c'est idiot, renifle-t-elle.

— Mais non, on s'en fiche, tu sais… tu peux me parler.

— Ça fait trois ans que j'ai pas bossé et aujourd'hui j'avais un entretien d'embauche, un truc important ! Et à cause de cette grève, là, eh ben, j'ai pas pu y aller. Et je sais pas pourquoi, mais subitement ça me mine le moral.

Elle montre son cœur, comme s'il la faisait souffrir.

— Tu vas pouvoir refixer un rendez-vous, c'est… c'est pas si grave. Il est gêné. Il ne sait pas s'il peut se permettre de lui frotter l'épaule.

Il hésite. Il y va. Un aller-retour seulement,

geste maladroit auquel elle ne consent qu'à moitié – elle lui fait comprendre en contractant les muscles de son bras.

— C'était pour quoi, ton entretien ?

— Directrice marketing adjointe chez Freshh.

— Freshh, la plateforme de livraison ? Tu sais que c'est des voyous, ces mecs-là ? Qu'ils font travailler des sans-papiers comme des bêtes de somme, des… des machines ? Ils les épuisent et après ils les jettent, sous prétexte qu'ils sont pas salariés.

Elle fait comme si elle l'ignorait, mais elle a lu un article là-dessus, il y a deux jours, et hier, en tapant le mot « Freshh » dans Google Actus, elle s'est pincé les lèvres en voyant la multitude d'articles qui mentionnaient « le scandale des livreurs sans-papiers ». Doit-elle avoir honte de ce qu'elle s'est dit alors ? On ne peut pas s'indigner de tout. Se sentir responsable de *toute* la misère du monde. Et aussi : il faut bien cotiser pour sa retraite, travailler, a fortiori quand on a une famille à charge et un gros emprunt sur le dos.

— Ces gens, tout ce qu'ils font, c'est avilir la société, la rendre plus laide, plus violente.

Elle craint qu'il lui fasse la leçon, qu'il lui ressorte son antienne anticapitaliste, elle sent qu'elle n'aura pas le courage de supporter ça, mais il pose doucement, prudemment, la main sur son avant-bras et lui dit avec une bienveillance qui la désarme :

— Sans le vouloir, tu as accompli une grande et belle chose aujourd'hui. Tu leur as dit merde, à ces bandits. C'est…

— Un acte manqué…

— Oui ! exactement. Fallait pas que tu ailles à ce rendez-vous. Tu vaux mieux que ça.

Il ne peut savoir ce qu'elle vaut (qui donc pourrait savoir ce qu'elle vaut ?), mais elle a envie d'y croire. Elle lève la main vers le serveur et demande d'une voix claire :

— Je vais reprendre un chocolat. Et, se tournant vers Guillaume : Tu reveux quelque chose ?

Madame…

Elle est grande, plutôt mince. Elle porte ses soixante-dix ans avec tonus, en baskets vert pomme. Elle attache ses cheveux blonds (ils seraient gris sans le concours d'un coiffeur dont elle croit s'être fait un ami), assez sommairement, à l'aide d'une pince placée bas sur la nuque, et légèrement sur le côté. Elle tire un caddie à imprimé léopard. Je l'ai vue un matin, 31 rue Margaux, à Bordeaux, mais vous pourrez aussi bien la croiser plus jeune à Dijon, moins blonde à Paris ou brune à Bastia, munie d'un caddie noir, rayé, fleuri, à motifs de grenouilles bleues, en fait c'est sans importance. Ce qui compte c'est ce que vous déciderez de faire quand vous vous trouverez derrière elle, dans la queue, chez le boucher, à la poste, chez Sephora ou votre libraire et que vous l'écouterez (vous serez obligé·e de l'écouter). Si vous êtes pressé·e, je vous conseille de tout laisser en plan, peu importe ce qui vous en coûte, et de partir, car sinon vous aurez l'impression qu'elle vous fait perdre votre temps, ce qui est peut-être son but. Mais il se peut aussi que vous envisagiez les choses sous un autre angle, non pas comme un hasard pénible, mais une rencontre prévue exprès pour vous faire lever les yeux de votre téléphone portable où se joue une partie pourtant stimulante de Candy Crush, une rencontre avec quelqu'un dont vous vous rappellerez le visage (un cadeau précieux si on pense aux millions de passants que vous croiserez dans votre vie et dont vous ne retiendrez rien – rien que de l'air qui file entre vos doigts). Vous vous rappellerez sa voix et ses cheveux dans la petite pince placée sur le côté. Peut-être même en parlerez-vous, comme je le fais, moi, à l'instant, avec vous. Et vous vous demanderez alors : pourquoi elle ?

C'est une habituée, ça se voit à sa nonchalance, cette façon qu'elle a de poser un coude sur le comptoir. Si elle connaît le prénom des gens qui travaillent ici, elle n'est connue que sous le nom de Madame… Une écriture serrée et pas très lisible se répand en lignes obliques sur la feuille de l'ordonnance qu'elle tend à la pharmacienne. Cette dernière chausse ses lunettes. Elle dit qu'ils vont avoir un problème pour telle référence, qu'il faut commander, que les délais sont longs… mais ce n'est rien qui puisse faire obstacle à sa bonne volonté. « On va trouver une solution », ajoute-t-elle, optimiste.

Une femme lourdement enceinte vient de

passer la porte. Insulaire, comblée, elle irradie de patience naïve. Une joie figée semble son expression par défaut. Elle ne sait pas ce qui l'attend. La pharmacienne poursuit son déchiffrage laborieux, qu'elle interrompt par moments pour aller chercher les boîtes de médicaments. Elles s'empilent sur le comptoir, on croirait une tour de chamboule-tout. D'un coup de coude malencontreux, Madame... fait s'écrouler l'édifice.

— Strike ! lance-t-elle.

Madame... se trouve irrésistible, un peu familière sans doute, mais chez elle, la familiarité est le signe d'un esprit facétieux. Alors elle parle, vite et fort (les commerçants lui doivent de l'écouter flatteusement. Ils le doivent à ce qu'elle n'oserait pas appeler sa « haute naissance », bien qu'elle ne sache nommer cela autrement).

— C'est bien, ça ? demande-t-elle, se saisissant d'une paire de chaussettes à l'aloé-vera.

Elle n'attend pas la réponse, elle a sans doute oublié la question, elle s'enquiert maintenant d'une huile pour le corps, d'un sérum pour les cheveux.

— Et ce contour des yeux ? Vous en avez des échantillons ? Vous m'en réserverez quelques-uns, des échantillons. Vous serez gentille.

Un homme entre, quatre-vingts ans, visage mal rasé. Il porte son pantalon une ou deux tailles trop grand. La ceinture est serrée au maximum, ce qui fait un pli comme un paquet au niveau de la braguette. Il a perdu le réflexe de la marche et on dirait qu'il doit inventer chaque nouveau pas en avant, qu'il exécute alors tout tremblant. Il balaye l'endroit d'un regard las pour voir s'il n'y a pas un siège où soulager ses vieux os. Il y en a bien un, mais la femme enceinte s'est installée dedans. Derrière son sourire, la tension des muscles de son visage laisse à penser qu'elle est venue pour du Forlax.

La pharmacienne est arrivée au bout de la liste des prescriptions, il ne devrait plus y en avoir pour très longtemps, mais il reste la question des « sacs à courses », ces cabas en toile synthétique dont on a rempli tout un bocal sur le comptoir. Madame… en voudrait un vert, alors qu'elle n'en voit que des bleus. La pharmacienne regarde la file qui s'allonge : une femme qui se parle à elle-même, à voix basse, et qui arrive encore à contenir la colère qui fermente en elle (ses bras sont grêlés de taches mauves qui ressemblent à des cicatrices de brûlures de cigarette), un homme avec deux enfants qui jouent dans les brosses à dents (ils en font tomber une bonne dizaine du présentoir). La pharmacienne évalue rapidement ses priorités et ce n'est pas que le sac à courses vert en soit une, mais elle se dit que si elle en trouve un, elle se débarrassera plus vite de Madame…

— Qu'est-ce que vous me faites pas faire… dit-elle, de retour de l'arrière-boutique en posant le sac vert plié en rectangle sur le comptoir.

— Oh, mais je me serais contentée d'un bleu !

La pharmacienne répond par un soupir discret. La file vient de s'augmenter d'un chien blond au pauvre pelage troué, sa triste gueule dans une fraise en plastique transparent. En bonne professionnelle, elle se concentre sur les posologies :

— Ce flacon-là, c'est deux gouttes diluées dans un verre d'eau. Le matin au réveil, juste avant le petit déjeuner. Ça, c'est un comprimé une fois par jour. Faites attention, parce qu'il est photosensible – protégez-vous bien du soleil. Vous voulez que je vous le note sur la boîte ?

— Est-ce que ça va l'aider, ça ?

Madame… a repéré une digression, là, juste à côté des vitamines C.

— Pardon ?

— Ils disent que ça améliore "la mémoire et la concentration". Est-ce que ça va l'aider, Antoine ?

— Oh ben…

La pharmacienne adresse un regard d'excuse à la femme enceinte qui cède son siège au parkinsonien.

— Il a des petits troubles de la mémoire ?

— Antoine ! C'est mon petit-fils !

Le quiproquo l'amuse, il est tordant – confondre Antoine avec son vieux croûton de mari ! – mais il lui donne aussi de l'importance.

Elle le montre en redressant le menton où elle s'est fait injecter récemment de l'acide hyaluronique. C'est à cela que servent ses caprices (quand les gens veulent bien y accéder), ils servent à confirmer le pouvoir qu'elle exerce sur autrui. Ça lui plaît de voir ses interlocuteurs ramer dans la conversation sans queue ni tête qu'elle leur fait subir. Elle les regarde boire la tasse, puis condescend à leur tendre la main pour les repêcher :

— Il passe le bac cette année. Il a déjà commencé les épreuves techniques.

— Ah bon ? Si tôt ?

Constipation, démangeaisons, migraine, addiction, otite, tendinite, maux d'estomac, nausées, eczéma. La file d'attente souffre en silence.

— Ben oui, c'est tellement long le bac, ils commencent à passer les épreuves début avril.

— Ah… c'est que je ne dois pas être au courant.

Une onde de mécontentement parcourt la file. On commence à douter de la pharmacienne – est-ce qu'elle ne se foutrait pas un peu de la gueule du monde, à discuter comme si elle était au café ? Quelques mots distincts se détachent du magma de colère qui a fini par engluer la femme aux bras tachetés, comme « pute » et « chienne ». Le père de famille regarde sa montre (c'est la quatrième fois en deux minutes), avant de poser un genou à terre. Ses enfants ont renversé tout un lot de tétines qu'il ramasse, résigné, las. La femme enceinte a perdu son air joyeux qui clamait : « Je porte la vie ! Le monde est un cadeau ! » ; elle a trouvé son Forlax qui était en accès libre et la voilà qui cogite. Peut-être cela va-t-il déboucher sur un acte inédit, peut-être n'a-t-elle jamais été aussi près de voler quelque chose. La pharmacienne est désolée, elle se taperait bien le front de la main pour montrer comme elle s'en veut d'être si maladivement polie avec les clients pénibles. Elle cherche à attraper le regard de la femme enceinte, pour tenter un message télépathique : *J'ai enregistré sa carte Vitale et sa carte de mutuelle. Il ne reste que 6,58 euros à payer. Si elle accepte le paiement sans contact, dans moins d'une minute elle est dehors. Je répète : j'ai enregistré sa carte...*

Les mains de Madame... glissent la carte Vitale dans une fente de son portefeuille, puis présentent la carte bleue sur le terminal de paiement. Une nappe de silence recouvre tout dans la pharmacie, la file se fige, retient sa respiration. Il n'y a plus un bruit. Pas un bruit de semelle sur le lino, de papier ou d'étoffe qu'on froisse, de plaie qu'on gratte, de nez qui coule. Rien. Même les enfants, même le chien se tiennent cois, les yeux fixés sur le terminal à carte bleue.

Bip.

Transaction validée.

On respire à nouveau. La femme enceinte a franchi la ligne qui marque au sol la distance de confidentialité. Elle retrouve confiance. Elle va pouvoir payer son Forlax. Madame... ferme le rabat de son portefeuille, presse le bouton pression, le range dans son sac à main. Puis ne bouge plus. Son coude est toujours sur le comptoir. Inamovible. Elle regarde la pharmacienne et compose un sourire dont elle ne peut ignorer les propriétés irritantes, ce sourire faussement placide, qui dit « J'ai tout mon temps ». Dans son siège, le parkinsonien a cessé de trembler, il dort. Le chien dans sa collerette couine. La femme enceinte sacrifie la boîte de Forlax, qu'elle écrase, aplatit, entre ses mains.

— J'attends mes petits cadeaux..., dit Madame... persuadée que ce petit chantage enfantin la rend absolument exquise.

— Ils sont dans le sac, Madame... ; j'ai tout mis dans le sac.

— L'échantillon de contour des yeux aussi ?

— TOUT est dans LE SAC, répète la pharmacienne, enfin sévère, ne dissimulant plus sa mauvaise humeur.

— Votre collègue, Virginie, m'a donné un foulard l'autre jour, dit-elle en fourrant le sac dans son caddie. Orange et bleu. Ça allait avec des crèmes solaires. Il est bien parce qu'on ne voit pas la marque. Il est joli. Et pratique. Et on ne voit même pas la marque.

Madame... remonte la file d'attente – constipation, démangeaisons, migraine, addiction, otite, tendinite, maux d'estomac, nausées, eczéma –

elle se laisse complaisamment dévisager par toutes ces consciences qui ne peuvent se résoudre à la laisser partir sans saisir quelque chose d'elle, conserver un souvenir qu'ils fixeront avec une épingle comme on fait avec les papillons rares, l'image de ses baskets vert pomme ou de ses cheveux blond pâle dans la petite pince, placée sur la nuque.

Elle sort.

La maladie des riches

Au son de sa voix, une voix très peu timbrée qui laissait entendre la lassitude et même une forme d'épuisement, elle comprit que *ça* avait recommencé. Elle regarda l'heure en bas de l'écran et arrêta tout : l'infographie du client « millennial », ses réflexions pour savoir s'il fallait ou non garder la citation de Gandhi – ça ajoutait de la profondeur à sa présentation, et en même temps, était-ce réellement opportun dans un Powerpoint sur les « services bancaires de demain », même dans la police Goudy Stout ?

— Ça a recommencé…

Merde.

— Oh…

Elle renversa le contenu de son sac à main sur son bureau pour trouver le rescue spray et les granules d'homéopathie et alors qu'elle sentait monter la crise – sa salive devenait salée –, une flèche empoisonnée traversa son esprit : le titre d'un article qu'elle avait lu chez le coiffeur :

« Dans un futur très proche, nous vivrons tous jusqu'à cent vingt ans. »

— J'ai cette réunion hyper importante à 11 heures et…

Elle pressa longuement le pulvérisateur et noya ses muqueuses sous une pluie amère, un mélange d'orange et de mélisse. Elle n'avait pas le courage, elle n'aurait pas la force. Ou elle mourrait de honte.

— On la laisse en plan toute la journée, c'est ça que tu proposes ?

Ce qu'elle entendit comme : « Tu ne proposes jamais rien. » Sa cheffe lui reprochait à peu près la même chose : « Vous n'êtes pas assez *en alerte*, Mathilde, vous voyez ? *Tac-tac-tac*, c'est comme ça que ça marche. » Il lui apparut alors comme une évidence que les gens qui disent « tac-tac-tac » en faisant mine d'intercepter un ballon comme si le monde était une sorte de balle-au-prisonnier incessant ne sont pas du genre à apprécier les citations de Gandhi dans les Powerpoint.

— Mathilde ?

— Oui oui, je suis là. Qu'est-ce que je propose… j'sais pas, moi… Elle est où ?

— Comme la dernière fois, devant Optic 2000.

Juste en face du bureau de son frère. Cinquante mètres à vol d'oiseau.

— Alors pourquoi t'y vas pas ? T'as qu'à traverser la place.

— C'est pas si simple…, répliqua-t-il d'un air harassé.

Elle pariait qu'il avait retiré ses lunettes pour se masser les paupières. Dix secondes volées dans la journée d'un directeur adjoint d'une petite PME provinciale.

Elle pensa que, de son côté, ça n'avait pas été *si simple* de vider le Chalet, de se taper les allers-retours à la déchetterie, de s'occuper des papiers de la mise sous tutelle – quelle galère ça avait été ! Et les rendez-vous avec le juge… Parce qu'elle était l'aînée, toutes les emmerdes devaient s'abattre sur elle ? Il lui dirait que non, évidemment que non, et il lui rappellerait qu'en tant que numéro 2 d'une boîte qui fabriquait des… – elle ne savait même plus ce qu'elle fabriquait, sa boîte, du matériel électrique, un truc idiot avec un nom ridicule… des… des douilles – il n'avait pas une minute à lui.

Par un geste de suicidant, elle s'envoya quinze granules homéopathiques sous la langue, puis de nouveau cinq. Elle avala avec délice le jus sucré en fermant les yeux, qui se rouvrirent sur son écran de veille : la photo du Chalet baignant dans une atmosphère presque irréelle, pâlie par la surexposition. Les géraniums rouges débordaient des fenêtres. Quelqu'un était payé pour ça, à l'époque, et aussi pour l'entretien du jardin, un matelas d'une herbe rase et dense sur laquelle ils couraient pieds nus sans se méfier des guêpes qui venaient y boire, attirées par la rosée de l'arrosage automatique. Elle avait appris d'un ancien voisin que le jardin n'était plus qu'une friche d'herbes hautes et sèches qui crissaient au passage des serpents. Derrière la maison, on devinait le sillage brillant du ruisseau. Qu'est-ce qu'ils avaient pu jouer là-dedans ! Son frère avait failli se noyer.

— Ça tombe vraiment mal aujourd'hui Mathilde, j'ai pas une minute à moi…

Elle déglutit plusieurs fois, sa mâchoire crispée en une moue de dégoût. Les gens, *tous* les gens, y compris les plus bienveillants, y compris les médecins qui se défendent pourtant de juger leurs patients, réprimaient un sourire d'indulgence moqueuse quand elle leur confiait qu'elle reconnaissait les sales moments à la qualité de sa salive. Et pourtant, son cas n'était pas isolé. Elle avait trouvé sur un forum des dizaines de témoignages de personnes souffrant de sécréter de la salive salée, et souffrant d'autant plus que leur problème demeurait indiagnostiqué. Elle agita le tube bleu pour faire sonner les granules. Il devait en rester trois ou quatre qu'elle se mit sous la langue. Ses traits se détendirent en même temps que sa bouche se remplissait d'aspartam fondu.

— Allô-allô. Mathilde ? Faut réagir, là.

— Oui.

Est-ce qu'ils allaient encore s'engueuler ? S'envoyer des « tu ne penses jamais qu'à toi » (« à toi et ta boîte de merde » – ça, elle l'avait gardé pour elle). Couper en quinze la charge de piété filiale (qui de toute façon était vouée à l'écraser) ? Non, car le vrai problème, c'était *elle*, n'est-ce pas ? Elle qui allait peut-être vivre jusqu'à cent vingt ans, et qui se trouvait devant Optic 2000, à 10 h 12, sur la grand-place d'une ville qui ne comptait pas plus de cent vingt mille habitants. Des gens l'avaient repérée, des gens qu'elle *connaissait*, peut-être même cet homme si charmant, très *class*, avec ses costumes anthracites, et auprès de qui elle commandait ses verres chez Optic 2000 – quand ses doigts glissaient près de ses tempes et frôlaient ses oreilles pour ajuster les branches de ses lunettes, elle était envahie d'un trouble secret et érotique.

Son téléphone retentit du signal d'un texto. « Est-ce bien ta mère que j'ai vue... » avait-elle commencé à lire, en décollant l'écran brûlant de son oreille. D'une voix hystérique qui cognait contre son crâne, elle s'entendait répondre : « Oui, c'est elle ! Et justement son projet est de vivre le plus longtemps possible pour me faire chier le plus longtemps possible, et peut-être même prospérer sur la tombe de sa propre fille, terrassée par la honte. » Une vision soudaine fit taire la voix : sa mère, sur la grand-place, ses membres tendus par cette « santé de fer » qui la caractérisait si bien et ayant cependant l'apparence d'une très vieille femme déjà morte, un sourire retors trouant son visage à moitié décomposé.

Elle secoua nerveusement la tête.

— Tu peux la voir ?... demanda-t-elle alors avec crainte. Elle est comment ?

— Elle est...

Elle entendit les ressorts du dossier de la chaise se détendre tandis que son frère se levait pour atteindre la fenêtre.

— J'ai l'impression qu'elle parle avec quelqu'un. Un type avec un chien... Un gros berger allemand. Lui-même porte un collier de chien avec des picots en métal.

— C'est qui ce mec ?

— J'sais pas... un genre de punk à chien.

— Rhhooo putain... Mais qu'est-ce qu'elle fout ?

— Ils ont l'air de s'embrouiller.

— Quoi ?! Faudrait peut-être appeler la police ? Ça pourrait mal tourner...

Elle pensa, un peu coupable, que c'était ce qui pouvait lui arriver de mieux : s'en remettre à des policiers qui reconduiraient aimablement sa mère chez elle. Elle irait à sa réunion sur les « services bancaires de demain » et cet événement resterait une anecdote de la journée, une anecdote douloureuse, d'accord, mais par chance, peut-être, volatile, comme les images résiduelles d'un rêve.

— Ça a l'air d'aller, en fait. Un homme s'est interposé, un chauve en costume gris... Il a une tache de vin sur le front... un peu comme

Gorbatchev. Il ressemble à Gorbatchev d'ailleurs – mais en moins sympa.

— C'est l'opticien.

— Tu le connais ?

— Non, pas vraiment, non... on peut pas dire ça, dit-elle en tâtant les branches de ses lunettes.

— Écoute, Mathilde, je suis vraiment désolé, mais j'ai un call avec les Meusiens dans dix minutes. Grosse – *grosse* – commande en perspective. Genre déterminante pour l'avenir de la boîte. J'vais pas pouvoir... euh...

La voix de son frère se fit lointaine, et enfin si ténue qu'elle disparut. Il avait dû raccrocher : un silence aquatique envahit la pièce. Elle pensa à sa grand-mère, qui, dans son vieil âge, volait dans les magasins. Des choses insignifiantes : une pomme, un tube de dentifrice, une paire de bas, un pot de confiture, et elle se souvint de sa mère qui disait : « Si un jour je deviens comme elle, promets-moi de me mettre à l'hospice. » De toute évidence, ce jour était arrivé, mais ce n'était pas tant cette échéance qui la troublait que l'éternel recommencement des névroses familiales. Elle se rappela Oncle Michel qui était devenu si radin à la fin de sa vie qu'il se nourrissait comme ses chats, un homme qui possédait la moitié de Dijon... Son frère, lui-même, n'était pas à l'abri, et elle l'avait souvent entendu discourir sur la possibilité du déclassement, comme si la pauvreté pouvait être une option quand on est directeur adjoint d'une entreprise, qu'on possède un appartement, deux voitures et deux maisons de campagne (il disait « propriétés », un peu pompeusement), quand, à chaque Noël, on offre à sa femme un coûteux sac à main (elle en avait une collection stupéfiante ; certains modèles en double, dans des couleurs différentes) et qu'on est titulaire d'un diplôme d'une école d'ingénieur (pas des meilleures, il en était d'ailleurs affreusement complexé, mais de celles qui vous établissent). Une barrière étanche le séparait des pauvres, une bonne barrière consolidée avec des sacs de sable et sécurisée par des tessons de verre, des barbelés, des miradors et tout le tremblement, et pourtant l'angoisse qu'il pût se retrouver de l'autre côté demeurait, quand bien même ces deux mondes ne communiquaient pas physiquement (mais seulement en pensée : les pauvres se rêvant riches et les riches redoutant de devenir pauvres, voire *se croyant* pauvres). Quand Mathilde l'écoutait, elle imaginait une main puissante descendant des nuages pour frapper au petit bonheur et renverser des fortunes, saccager des commerces, vider des comptes en banque. Elle voyait les sacs de sable et les barbelés qui s'envolaient. La barrière, conçue pour résister à tout (contrôle fiscal, maladie, accident, chômage, inondation…) sauf à ça, s'écroulait.

Longtemps, elle avait cru peut-être pas qu'ils étaient pauvres, mais qu'ils *n'avaient pas les moyens*. Aller au restaurant, avoir la télévision, manger de la viande tous les jours : PAS LES MOYENS. Faire un voyage, prendre le train ou le taxi : PAS LES MOYENS. Ils n'étaient pas à plaindre, oh ça non ! Mathilde avait grandi au milieu des jolies choses, connu d'interminables étés au Chalet, cette grande maison que les habitants du bourg appelaient « Le Château » avec une déférence qui les comblait. Ils ne manquaient de rien – elle n'aurait manqué de rien, si on ne lui avait rappelé à longueur de temps tout ce qu'ils rataient, faute de « moyens » : une vie plus facile et plus douce, que ses parents semblaient envier tout en la trouvant écœurante. Mathilde ne savait pas bien s'il était bon de « se donner du mal », le sens de l'effort faisant chez eux l'objet et d'une revendication et d'une plainte, mais elle avait intégré qu'elle appartenait au monde des gens qui n'ont « pas les moyens » et cela malgré les cours de danse, les vacances au ski, les chemises à bouton de nacre de son père, amidonnées, impeccables, le champagne des anniversaires et l'immense couloir, qui séparait en deux un immense appartement, dans lequel son frère et elle faisaient de la patinette.

Ils avaient fini par se payer une télévision. Un achat de force majeure. Elle avait cinq ou six ans, et elle se revoyait dans la cage d'escalier, tenant la laisse du bébé chien (elle s'appelait Croquette) qui jappait et se cognait contre les mouches alors qu'elle expliquait innocemment au voisin qu'elle ne pouvait pas connaître le singe de la pub Banga, car ils n'avaient pas la télévision – *ils n'avaient pas les moyens.* Le voisin avait répondu : « Ah… » avant de saluer sa mère, plantée comme une pierre sur l'escalier et qui dirait plus tard avoir été clouée sur place par la honte, une honte terrible. Elle avait senti des picotements dans son annulaire, à l'endroit où brillait un gros cabochon d'émeraude que le voisin, semblait-il, ne parvenait pas à quitter du regard. Sa mère parlerait souvent du sourire qu'il avait eu à ce moment-là, un sourire *méchant* qui l'empêcherait à jamais d'oublier qu'il partageait sa vie avec un boa (on croisait, de temps à autre, sa nourriture remuant dans une boîte coincée sous le bras du voisin : un horrible rat que la bête mettait un mois à digérer). On ne savait pas grand-chose de cet homme, seulement qu'il travaillait dans une agence d'intérim et que c'était une personne « modeste » – un point qui lui avait porté chance lors d'un cambriolage dans l'immeuble, car, à part peut-être le serpent, il n'y avait *rien* à voler chez lui, avait décrété le père de Mathilde.

Dans la semi-obscurité d'une cage d'escalier, encombrées d'un chiot qui sautait après les mouches et sous le regard mauvais d'un homme qui sympathisait avec des reptiles, il fut donc décidé qu'ils posséderaient une télévision. La mère de Mathilde grimpa les marches quatre à quatre pour quérir son chéquier (le *chéquier*, dans son étui en cuir bleu marine, était réservé aux achats importants).

Ce n'était pas une heure pour acheter un téléviseur et d'ailleurs le petit monsieur à perruque de la boutique d'électroménager poussa un soupir quand sa cliente lui désigna ce qu'elle voulait et qu'elle voulait *tout de suite*, trop contrariée de s'être vue désigner « pauvre » par quelqu'un qui l'était vraiment selon leurs critères. Elle émit quelques borborygmes de mécontentement alors que le petit monsieur promettait de faire son possible pour une livraison le lendemain en fin de matinée. « Ça ira », maugréa-t-elle alors que les breloques de son bracelet en or faisaient baver ses cursives sur le chèque.

De retour à la maison, Croquette trébuchait sur des obstacles invisibles ; elle faisait une boucle à droite, une boucle à gauche, jusqu'à ce qu'une saccade de la laisse la rappelle à la ligne droite que traçait la mère de Mathilde sur le pavé. « On n'est pas pauvres, disait-elle. On n'est pas riches, d'accord, mais on n'est certainement pas pauvres et on a les moyens d'avoir une télé. Où est-ce que tu es allée chercher ça ? Les pauvres n'ont rien, les pauvres sont… comment dire… enfin… tu vois ?… Allez, va appuyer sur le bouton. » Elle s'arrêta brusquement, saisie par la vision d'un homme, de l'autre côté du passage piéton. Elle l'observa avec une sorte d'inquiétude, un sentiment confus qui généra une succession d'images explosives dans sa tête : un jet de sang provenant de la jugulaire du bébé chien, sa fille pleurant et hurlant, son sac arraché, elle-même sur le trottoir, faisant la manche. Il n'y avait pas dans la nature humaine part plus menaçante que celle qui s'incarnait dans la misère. Elle resserra ses doigts autour de la laisse de la chienne et de la main de sa fille, et par un regard de biais, elle poursuivit son examen le temps que le feu passe au vert. L'homme était adossé au mur du bureau de poste. Il attendait, il attendait des jours meilleurs, de la nourriture, des vêtements propres – la saleté, c'était ça le pire –, un peu de monnaie. Elle eut cependant pitié pour le chien qui l'accompagnait, un chien très digne à la belle robe blonde (elle s'y connaissait en chiens) qui ne semblait pas fait pour une vie de vagabondage. C'est ce qui la décida à sortir son porte-monnaie et à en tirer quelques piécettes qu'elle fourra dans la paume de Mathilde. « Tu as vu le monsieur en face ? C'est un *pauvre*. (Elle appuya pédagogiquement sur le mot.) Tu lui donneras ça, d'accord ? »

Donc c'était convenu. La fillette s'avancerait vers le monsieur, lui donnerait les pièces, ou, encore plus simple (et plus hygiénique), elle les jetterait dans un gobelet ou une gamelle qui serait immanquablement posé par terre, tandis qu'elle la retiendrait par la capuche (pour plus de sûreté). On veillerait à ce que Croquette ne s'approche pas du chien.

Le sort décida que les choses devaient se passer autrement. Déjà, il n'y avait rien sur le trottoir pour recueillir l'argent et c'eût été suffisamment embarrassant de le fourrer sous le nez du monsieur en poussant Mathilde qui ne cessait de reculer, mais il fallut en plus que Croquette fasse des léchouilles au chien (il ne broncha pas, c'était décidemment un très bon chien) et que l'homme dise, interloqué, sans doute humilié mais ce n'était pas le problème à ce moment-là, car une autre honte, une honte terrible à vous clouer sur place avait pris le dessus :

— Mais madame, je ne fais pas la manche.

— Ah… répondit la mère de Mathilde, cherchant la preuve du malentendu et ne la trouvant pas.

Elle scruta les cernes gris que l'alcool et le tabac avaient excavés sous ses yeux, le pantalon trop grand, le manteau trop chaud pour la saison… d'un autre côté, l'intérieur des oreilles du chien était bien rose et ses yeux vifs. Ce devait être un bâtard de berger suisse, et l'espace d'un quart de seconde elle le téléporta dans les vertes pelouses du Chalet. Une rêverie qui prit fin abruptement au moment où elle vit le bulbe érectile du pénis canin qui brillait dans la lumière de cette fin d'après-midi. Le chien allait chevaucher Croquette ; cette dernière fit un bond de trois pas en arrière par une manœuvre habile de la laisse.

— Excusez-moi, dit alors la mère de Mathilde bien qu'elle n'eût pas du tout le cœur à s'excuser : elle en voulait à l'homme de l'avoir trompée avec sa mauvaise mine et au chien d'avoir si bien caché son jeu.

Le soir même, elle se plaignit à son époux de ce complot qui semait partout la confusion – pour preuve : les saisons qui n'en étaient pas, des gamines de treize ans qui en faisaient vingt-cinq, des gens qui n'étaient pauvres que d'apparence, car en réalité ils étaient assis sur un tas d'or (elle maquilla quelque peu l'incident du jour qui restait pour elle une tache honteuse). Mais ils trouvèrent de quoi se rassurer : on achèterait un joli meuble en acajou pour la télé.

⋆

Mathilde trouva sa mère à l'intérieur de la boutique, assise dans un des fauteuils club réservés à la clientèle. Dans son dos, une grande pancarte disait joyeusement : « Presbytes, sortez du brouillard ! » Elle portait ses lunettes noires Armani qui lui faisaient un masque sur le visage, son manteau chocolat en cachemire et son jean Escada, qu'elle avait choisi pour les petits strass cousus sur les poches. Sur son annulaire déformé par l'arthrite roulait son gros cabochon d'émeraude. Elle débitait son triste soliloque en regardant fumer le café qu'on lui avait servi dans un gobelet en carton : « Ils m'ont tout pris.

Le Chalet, mon appartement. Ils m'ont pris mon argent, mes *propriétés*. Ils ont pris tout ce que j'avais. Je n'ai rien. Plus rien. Ils m'ont tout pris. »

— Qu'est-ce que tu fabriques ici, Maman ?

La vieille femme sursauta. Les lunettes démesurées lui donnaient l'air de débarquer d'une galaxie lointaine. L'expression même de chagrin que Mathilde devinait au travers des verres opaques semblait, elle aussi, tombée du ciel. Elle lui prit la main dans laquelle elle trouva un billet plié si minutieusement qu'il était grand comme une pièce de dix centimes.

— C'est pas vrai que t'as réussi à gratter cinq euros...

— Tu sais dans quel dénuement je vis. Il me reste rien.

Les lunettes masque se tournèrent vers elle avec raideur.

— Je n'ai plus RIEN, répéta-t-elle. Pas même de quoi...

— Non mais tu te rends compte de l'indécence de mendier de l'argent dans la rue !? Est-ce que tu t'es vue, Maman ? Avec ton jean à deux cents balles, là... Je te préviens, c'est la dernière fois...

D'une pression sous l'aisselle, elle la força à se lever. Il y avait deux options maintenant : déguerpir sans rien dire, ou bien...

— Madame Dupré, bonjour.

Le directeur de la boutique – costume anthracite à rayures tennis, nœud papillon rouge, lunettes assorties, éclaboussures mauves sur son crâne lustré – avait discrètement glissé jusqu'à elles. Son sourire assurait le règne absolu du client en toutes circonstances. Alors qu'il s'inclinait vers Mathilde, il la fit pénétrer dans le halo parfumé de son eau de toilette, ce qui déclencha une déferlante de salive salée dans ses muqueuses.

— Je… je sais pas ce qui a bien pu se passer…

— Eh bien, votre maman était devant la boutique, elle interpellait les passants…

— Ohh… c'est pas vrai…

Elle prit l'air de seulement découvrir le problème avant de déglutir douloureusement.

— Un homme – pas franchement recommandable, si vous voyez ce que je veux dire – traînait par-là avec son chien, et il a décidé qu'elle devait partir. Et comme il se montrait un peu menaçant, on l'a mise à l'abri ici. Voilà. Une sacrée aventurière votre maman, dites-donc, ajouta-t-il, en regardant la face de robot de la vieille femme.

— Elle perd complètement la tête, chuchota Mathilde.

— Vous savez, j'en ai vu des choses en trente ans de métier… Les êtres humains sont de drôles d'oiseaux.

Il avait pris une voix mystérieuse, et douce, c'était comme un ruban de velours qui enjôlait l'âme de Mathilde. On ne pouvait pas dire qu'il ressemblait à Gorbatchev, mais alors pas du tout, Gorbatchev était plus... « Elles sont de travers », entendit-elle alors.

— Comment ?

— Vos lunettes. Vous voulez pas que je vous les...

Il fit le geste de caresser deux petites pommes.

— Euh... non, non merci, dit-elle à la fois troublée et luttant contre ce trouble, et s'agrippant maladroitement à des objectifs tangibles : sa mère qui restait interdite derrière ses lunettes du futur, la porte vitrée automatique de la boutique, les services bancaires de demain. On va y aller. D'accord Maman ? Merci pour ce que vous avez fait pour elle. Le ruban de velours se débobina avant de retomber brusquement sur le sol.

Dehors, le ciel était couvert. Une pluie fine se mit à tomber et la vieille femme s'inquiéta pour ses cheveux. Elle en obtenait l'aspect nuageux avec des rouleaux dont elle se faisait une couronne, chaque nuit. Elle accéléra le pas, alerte, escortée par les deux aigles qui ornaient les branches de ses lunettes Armani et répétant qu'on lui avait tout pris, tout, tout, son argent, ses propriétés, le Chalet, tout.

Diego Bonnet, 3e F

Elle a mis sa jupe plissée rose poudre, un top crème qu'elle aime bien assortir avec ses ballerines en suédine beige et sa veste blanche sur laquelle elle a piqué une broche en forme de salamandre – deux petites améthystes pâles figurent les yeux. Elle s'est donné un coup de fer à friser pour assouplir ses cheveux qu'elle trouve trop raides et, ce matin, elle était plutôt contente du résultat. 7/10, s'était-elle dit face à son reflet dans l'ascenseur – honorable pour une fille de presque quarante ans en quête de l'âme sœur (elle est restée « romantique » ; elle croit encore qu'on peut tomber nez à nez avec l'amour, aussi concrètement que, chaque mardi, ses pieds butent sur la poubelle que son voisin dépose sur le palier).

Elle a rendez-vous à 9 h 30 pour l'entretien de sa Twingo, mais dans l'atelier personne ne semble l'attendre ni même la remarquer, alors elle fait quelques pas timides, avant de rester plantée, les bras ballants, à la lisière d'une flaque d'huile.

— Vous avez rendez-vous ? entend-elle au bout d'une minute ou deux. Installez-vous là-bas, on va s'occuper de vous.

L'homme s'essuie les mains sur un chiffon sale avant de lui désigner un coin excentré et triste, une chaise flanquée d'une fontaine à eau et d'un ficus qui prend la poussière.

— Ça serait dommage de vous salir, ajoute-t-il, et il ne regarde pas seulement les ballerines beiges qui s'écartent prudemment de la flaque, il les juge avec ironie, il se moque d'elles, et aussi de la jupe rose poudre et des torsades de cheveux ; il s'en moque comme des atours ridicules d'une poupée de porcelaine.

En tout cas, c'est ainsi qu'elle interprète la fossette qui s'est creusée à la commissure des lèvres du garagiste – souvent une marque de sarcasme – qui a pour effet de rétrograder son 7/10 et de lui rappeler l'inconfort de sa jupe : les dents de la fermeture Éclair qui entrent dans sa chair, le bouton à la ceinture qui est resté hors de la boutonnière suite à deux ou trois ou quatre kilos qu'elle compte – comptait – perdre. Ces derniers temps, elle s'inquiète de penser un peu trop souvent à l'échec. Elle n'arrive pas à trancher si l'échec est un sentiment conditionné par une conscience (auquel cas elle pourrait sans doute s'en remettre), ou bien un fait objectivable qui pourrait être reconnu de tous, une faillite univoque, et ça la chiffonnait de ne pas savoir jusqu'à cette seconde où le regard moqueur d'un mécanicien lui a fait comprendre que l'échec – quelle que soit sa nature – avait triomphé d'elle et peut-être même marqué sur son front : « disqualifiée pour toutes les expériences fondamentales de la vie ».

Voilà à quoi elle pense, assise sur la chaise isolée, et aussi à l'*échec* de sa relation avec L. Quelle erreur, quelle énorme erreur d'avoir refusé ce projet de voyage avec lui. Elle lui avait écrit ces mots, qui n'étaient même pas d'elle, mais d'un mauvais film du dimanche soir : *Je crois qu'il vaut mieux en rester là*. Qui sait où ils seraient aujourd'hui ? Dans une maison, mariés. Dans un jardin public, sur un banc, leurs mains sur son ventre, à palper les membres d'un bébé à naître. L. n'était pas ce qu'on appelle beau, mais d'un autre côté ses dents écartées n'étaient pas si disgracieuses. Le problème, c'était ses textos : « Je t'attend à la sortie du métro. » « Je suis rester déjeuné chez mes parents. » Un vrai tue-l'amour. Pour provoquer sa nature pudibonde, une de ses amies lui disait : « Moi, les mecs, je teste la qualité de leur bite avant de regarder la qualité de leur orthographe. » Le fait est que, deux ans après sa rupture avec L., elle se souvient de ses fautes d'orthographe mais pas de la « qualité de sa bite » et cet oubli n'est pourtant pas de l'indifférence, c'est un vide qui lui creuse les entrailles, un manque intolérable, un cri !

Aujourd'hui, elle en est à se dire qu'elle pourrait faire l'amour avec n'importe qui, quelqu'un qui n'aurait jamais lu *Madame Bovary*, quelqu'un qui *refuserait* de lire *Madame Bovary*, un inculte, un « plouc ». Ce pourrait être lui, là, qui écoute le moteur d'une Toyota Yaris et se laisse caresser l'entrejambe par un torrent de fumée blanche qui s'enroule autour du châssis. Au cinéma, elle trouverait cette mise en scène platement sexuelle, mais elle n'est pas au cinéma, elle habite une jupe trop serrée dans une vie élaguée par l'échec et l'absence d'érotisme. Ça ne peut plus durer ! Elle veut des vitres embuées, de la sueur et des halètements sensuels, elle veut son corps nu derrière un rideau de perles, son sexe mouillé sur un air de flûte traversière. Elle imagine les mains de l'homme, ses ongles noirs, la crasse incrustée dans les lignes traversant ses paumes. En pensée, elle les fait aller sous sa jupe… Halte-là ! Stop ! Stop. Est-ce que c'est elle qu'il regarde comme ça ? Oui, c'est elle. Il la regarde et il sourit. On croirait même qu'il lui adresse un clin d'œil, sinon pourquoi ce froissement de paupières dans sa direction ? Est-ce qu'il se pourrait qu'il ait lu en elle ? Que par une sorte de télépathie elle ait donné son consentement et qu'il vienne le prendre ? Merde, il se dirige vers la chaise. Il a l'air décidé. Elle voudrait pouvoir attraper le livre dans son sac pour faire diversion, mais elle n'y arrive pas, tous ses membres sont paralysés, à l'exception de son pauvre cœur qui s'excite. L'homme fond sur elle, la meute de loups qu'il porte tatouée sur le biceps comme prête à la dévorer.

— C'est vous le rendez-vous de 9 h 30 ? il lui dit.

Elle respire. Il vient pour la Twingo, c'est tout. Il vient juste faire son travail, en bon professionnel.

— Vous m'avez pas reconnu ?

Il étire le cou et penche la tête sur le côté pour se laisser examiner. Diego Bonnet. 3e F.

— Diego ! Han…

Sous l'effet de la douche froide de l'étonnement, les images de son petit film érotique se carapatent comme des insectes furtifs dans les recoins de sa conscience.

— Ben ça alors… non… je t'avais pas reconnu. Tu travailles ici ?

Nouveau clin d'œil. En classe aussi, il avait cette manie. Elle pensait qu'il valait mieux faire semblant de ne rien voir, plutôt que de risquer une remarque qui aurait pu déclencher, au mieux, une vague d'hilarité et au pire… le pire n'était pas appréhendable, modélisable, mais il était toujours à venir.

— Vous voyez, je suis sorti de ma poubelle.

— Je te disais ça, moi ?

— Ouais. Qu'il fallait que je sorte de ma « poubelle intellectuelle » et aussi un truc sur l'ignorance… j'sais plus. Vous m'aimiez pas beaucoup, hein…

— Tu sais, on n'est pas là pour aimer les élèves.

La phrase ne le convainc pas, on a dû la lui servir des centaines de fois au cours de sa scolarité et il sait probablement que c'est faux, que les profs eux-mêmes (elle la première) n'y croient pas, c'est juste qu'ils n'ont rien trouvé de mieux pour conjurer la peur de détester les élèves ou de se faire détester d'eux.

— Tu te plais ici ? demande-t-elle, pour emmener la conversation vers un terrain plus stable.

— Ça va. Vous, c'est la petite Twingo bleue, c'est ça ?

— Oui.

— Révision ?

Elle hoche la tête.

— OK, on va regarder. Vous vous souvenez de la dernière fois que vous avez changé la courroie ?

— La courroie ?

— La courroie de distribution. Faut la changer tous les cinq ans, environ. Vous savez pas ?

Aucune idée. Jamais, depuis qu'elle a acheté cette Twingo d'occasion, on ne lui a parlé de courroie de distribution. Elle fait mine de réfléchir, d'enclencher un processus qui lui fera obtenir la réponse, mais elle n'en sait rien, strictement rien…

— Ah ! Vous allez voir que c'est moi qui vais vous apprendre quelque chose cette fois !

Il rit, la tête haute, plein de fierté et d'innocence qui claquent au visage de son ancienne prof.

Diego avait ses habitudes au premier rang, côté fenêtres, sa table collée à son bureau d'enseignante, sa trousse jouxtant ses affaires, voire se vidant au milieu des siennes. À chaque cours, l'air de rien, il faisait cheminer de vieilles gommes vérolées, des boulettes de papier, un cadavre de stylo, un compas, un clapet de calculatrice, de sa table jusqu'à la sienne. Ces petits rebuts avançaient tels des trophées, jusqu'à frôler la souris de l'ordinateur, ou se retrouver carrément coincés entre deux touches du clavier. Là, peut-être, considérait-il qu'il avait gagné. De fait, elle se sentait envahie. Défaite.

De sa place tout devant, Diego pouvait maîtriser les fluctuations de la classe, le corps de biais, une épaule vers le fond qui le liait à Blanche, Kylian, Owen, Lia, Kenza, Mélody… – elle a oublié les prénoms de la plupart, mais se rappelle leurs visages à moitié cachés par des franges, leurs yeux interrogateurs ou indifférents derrière les lunettes, leurs appareils dentaires – et une épaule dans sa direction à elle, la direction des clins d'œil et des capuchons mâchouillés de stylo bille.

Diego s'est fait remarquer dès le premier jour, à l'occasion d'un exercice artificiel et galvaudé qu'elle s'entête à donner à ses élèves, à chaque rentrée. « Présentez-vous en quelques lignes. Quelles sont vos principales qualités, vos principaux défauts ? »

— Faut écrire ses qualités ? avait-il demandé, sceptique. Faut dire ce qu'on a de bien ?

— Oui, c'est ça. Qu'est-ce que tu dirais ?

— Ben… j'sais pas, moi… Je suis *beau*.

Non, avait-elle pensé. Tu es même le contraire de beau, avec tes cheveux gras, ton visage gras qui suinte de sébum, ta moustache encore trop jeune pour le rasoir, ta veste de survêtement dans laquelle marinent tes hormones de garçon de treize ans. À treize ans, les enfants basculent dans la laideur, pensait-elle (elle le pense toujours), laideur physique et olfactive.

— "Être beau" ne constitue pas une qualité morale. En revanche, ce que tu viens de dire prouve que tu es un *hâbleur*. C'est un défaut, ça.

Avec un air un peu pédant qu'elle aime bien affecter les jours de rentrée, pour poser son autorité, elle avait pris une craie et écrit « hâbleur » au tableau. Diego, le premier, s'était mis à rire, emmenant une bonne quinzaine d'élèves à sa suite.

— Hâleur, c'est quoi ça ?

— Hâ-bleur. Ça veut dire vantard. On dit ça de quelqu'un qui se vante, qui se la raconte.

Du plus loin qu'il lui souvienne, depuis son premier cartable, ses premiers cahiers, elle a toujours trouvé le savoir attrayant en soi, et pensé qu'il ne fallait pas grand-chose pour le rendre désirable, qu'un seul mot écrit au tableau pouvait suffire à consacrer un mystère.

Diego et les 3ᵉ F n'avaient pourtant que faire de son « hâbleur ». Ils l'ont toisée comme si elle débarquait du XVIIIᵉ siècle en perruque et crinoline, vision comique qui a déchaîné ricanements, chuchotements, coups de coude dans les côtes et une suite de petits incidents : une trousse est tombée par terre, un triple-décimètre s'est cassé en deux, une cartouche d'encre a éclaté. Quand toute cette agitation est retombée, il ne restait sur les visages des 3ᵉ F qu'une expression de rejet. Ils méprisaient leur professeure de français qui venait de trop loin pour que puisse s'établir une quelconque connexion entre eux. Elle venait de chez les *bourges*, de chez les gens qui pensent que le mot « hâbleur » peut être utile, qui abusent du langage pour exercer leur pouvoir et humilier, de chez les gens qui sont là pour leur rappeler qu'ils ont déjà perdu la partie, comme leurs parents – précaires, chômeurs longue durée, livreurs, manutentionnaires – avaient perdu avant eux.

Ce jour-là, elle n'a pas compris qu'elle avait signé son incapacité d'enseignante dans cette classe, et qu'à moins de leur tordre le bras ou de leur passer sur le corps, les 3ᵉ F refuseraient d'apprendre quoi que ce soit d'elle.

C'était souvent Diego qui ouvrait les hostilités. « Je le ferai pas », disait-il, fier et décidé, en laissant retomber sa feuille d'exercices. Immanquablement, Kylian et Owen l'imitaient (Kylian ne prenait même pas la peine de sortir des affaires de son sac). Quant à tous les autres, ils se demandaient, frétillants, s'ils seraient capables d'un tel courage.

— Si tu ne veux pas travailler alors tu sors, Diego. Tu sors d'ici.

— En vrai j'sortirai pas.

Elle ne s'est pas méfiée, la première fois, tant la mauvaise humeur de Diego semblait factice. On aurait dit Grincheux, le nain de Blanche-Neige, et, de la même manière que Grincheux finit par se laver dans la fontaine et désirer, comme les autres, se faire aimer de la princesse, elle s'est dit qu'elle arriverait bien à quelque chose avec lui. Mais Diego est resté les bras croisés, le visage fermé. Elle lui a répété : « Soit tu te mets au travail, soit tu sors. » Ce à quoi il a répondu en faisant pivoter sa main, le geste par lequel on montre qu'on a affaire à un fou. « Oooh ! » se sont exclamés trois ou quatre élèves comme s'ils assistaient à une battle et qu'ils comptaient les points. Elle a pris cet air de blanche colombe que ne peut atteindre la bave du crapaud, mais elle avait un sacré plomb dans l'aile. Elle voyait son autorité se dégonfler, imaginait sa peau d'enseignante certifiée propulsée aux quatre coins de la pièce, faisant des loopings à droite, à gauche, comme un ballon qui se vide de son air. Diego se tenait de trois quarts, tournant presque le dos à sa table, il guettait les autres, leur soutien, leurs rires. Il voulait les divertir en se payant la tête de la prof.

— Une dernière fois, Diego. Tu rassembles tes affaires, et tu t'en vas. Mélody, tu l'accompagnes à la vie scolaire, s'il te plaît.

— Y a pas moyen que je sorte.

Il rentre la tête dans ses épaules, fait le caillou. Elle a beau se dire que ce n'est qu'un petit con de treize ans, un petit connard boutonneux avec une moustache molle (elle remarque cependant avec dégoût qu'il a déjà des poils d'homme sur les jambes), et qu'elle n'a qu'à prendre un peu de profondeur stratégique, elle se laisse déborder par sa colère. Elle *hait* ce gamin qui est en train de saboter son cours, elle hait tous les autres (Kylian et son sourire débile, qui vient en cours sans feuille ni stylo et s'assoit sur sa chaise comme s'il attendait le bus...), les autres qui l'observent en train de perdre le contrôle, qui savent très bien déchiffrer l'effusion de plaques rouges sur son cou, son sternum. Ils ne savent pas grand-chose, mais ça, oui, ils percutent. Elle a souvent dit qu'on ne gagnait rien à hurler dans une classe, à part se blesser les cordes vocales, mais comment, à cet instant, résister à ce mouvement aspiratoire : toutes les cellules de son corps attirées par le cri, le bénéfice éphémère du cri ?

— Tu sors ! Tu dégages d'ici !

Elle saisit sa trousse, son sac – transgression

ultime dans un conflit où il est interdit (combien de fois l'a-t-elle entendu, peut-être même noté dans des carnets) de *toucher* l'adversaire et par extension ses effets personnels. Elle va plus loin, trop loin : elle traverse la salle, ouvre la porte, et jette trousse et sac à dos dans le couloir.

— Ça se fait pas, Madame… dit une petite voix choquée.

Entretemps, Diego s'est levé, il est furieux, il marche sur elle comme s'il allait lui casser la gueule, et elle a peur, parce qu'il est quand même grand et costaud et qu'on a déjà vu ça, dans ce collège, un prof qui se fait taper par un élève.

— Vas-y, fais pas chier, Diego… dit la même petite voix, conciliante. Fais ce qu'elle te dit…

Diego s'en va en tchipant. Il n'a pas perdu et elle n'a pas gagné.

On parlait souvent des 3e F en salle des profs. On disait ne pas comprendre les parents, qui refusaient tout dialogue avec l'institution, et fuyaient les aides qu'on pouvait leur proposer : conseils d'orientation, accompagnement, classe-relai, cours de soutien etc. On disait ne pas comprendre les élèves qui laissaient l'ignorance décider de leur vie.

— Ils viennent de milieux très défavorisés, ils sont en grande difficulté, OK. Mais le savoir *c'est* le pouvoir, et le pouvoir potentiellement *c'est* de l'argent – ça devrait leur parler, ça, non ?

— Non, ils préfèrent rester dans leur *poubelle*…

— Une bande d'abrutis finis à la pisse. (C'était la prof d'anglais qui parlait, sans lever les yeux d'un paquet de copies qu'elle balafrait au stylo rouge, rageusement.)

Une autre prétendait qu'avec des gamins pareils, on n'avait pas le choix, il fallait être *méchant* : « Quand tu lis la peur dans leurs yeux, cette petite lueur inquiète qui brille dans leurs pupilles, là, tu peux faire ton cours. »

Elle n'avait jamais osé parler de sa propre peur, quand elle les voyait entrer dans la classe – ils étaient trente-quatre contre une. Sur son bureau, posée dessus : la peur de ne pouvoir contenir les cris, les bruits d'animaux ou de copulation, les pets, les rots, les clins d'œil, la peur d'être vaincue par eux et de les voir engloutir Maupassant, Orwell, *Le Chant des partisans*, Rimbaud, le Parthénon. Antigone achevée par un pet de Kylian.

Miguel, qui enseignait l'espagnol, voyait les choses un peu différemment. Doux, taiseux, modeste, il ne prétendait pas détenir la solution avec les 3e F mais disait simplement qu'il arrivait parfois à les intéresser en leur racontant une histoire. « Une histoire, c'est déjà ça », concédait-il.

Elle s'en est souvenue un jour où une élève l'a mise au défi d'expliquer à quoi *servait* la poésie. La gamine souriait malicieusement, parce qu'elle savait que Victor Hugo ne ferait rien d'*utile* pour elle. Il ne trouverait pas un emploi chez McDo pour son grand frère, il ne ferait pas augmenter le montant des allocations familiales ni même ne réparerait la voiture de sa mère qui était en rade depuis des mois. Qu'est-ce qu'on gagnait avec Victor Hugo, hein ? Même Diego avait redressé la tête. Il attendait la reddition de la prof de français, qu'elle leur fasse cadeau de son impuissance. Tenez, vous avez raison, vous avez gagné. Mais elle leur a dit plutôt :

— Vous savez où c'est, Haïti ?

— Hein ?

— Haïti. C'est un pays, une île dans les Caraïbes. Entre les années 60 et 80, il y avait une dictature, là-bas. Pour faire régner la terreur, le président s'appuyait sur une milice, des hommes sans foi ni loi qui avaient tous les droits sur la population. Ils faisaient des descentes dans la rue, armés de matraques et de fusils d'assaut, et ils tuaient, violaient, torturaient à leur guise. On les appelait les Tontons Macoutes.

— Sérieux ? Les Tontons quoi ?

— Ferme ta gueule, Diego.

Regard méprisant de blanche colombe planant au-dessus des turbulences de la classe. Elle reprend :

— Pour la population, il n'était pas question de se mettre en travers du chemin d'un Tonton Macoute. Si votre mère s'était fait violer puis assassiner, si votre père, votre oncle, votre cousin, votre fiancé était mort écartelé après avoir été traîné derrière une moto dans les rues de la ville, il n'était pas question de prendre soin des restes du cadavre, non, surtout pas ! Les Haïtiens étaient interdits de funérailles, privés de leurs morts – il existait un service de ramassage, comme le ramassage des poubelles, qui récupérait les corps pour les jeter à la fosse commune. Si quelqu'un bravait l'interdit pour ensevelir dignement un homme, une femme ou un enfant à qui on avait sauvagement retiré la vie, si quelqu'un osait l'envelopper dans un linceul, l'enterrer sous une croix avec une prière, il était lui-même liquidé. Mais certains ont trouvé un moyen de résister, sans trop risquer leur vie. Un petit groupe, un clan qui s'enfermait, chaque soir, dans un garage. Ils tiraient le rideau de fer et là, cachés de tous, ils jouaient *Antigone* de Sophocle. Je vous en ai parlé, d'Antigone : c'est cette jeune fille qui voulait donner une sépulture à son frère dont le cadavre brûlait au soleil. Chaque soir, en jouant Antigone dans un garage, ces gens résistaient contre la terreur en offrant un linceul symbolique à tous ceux qu'on avait traités comme des bêtes.

Le temps d'un instant, face à la classe silencieuse, elle a l'impression d'avoir accompli un miracle. Ils l'ont écoutée, avec curiosité, ils l'ont laissée finir son histoire parce qu'ils étaient captivés, oui, même Diego, même Kylian l'ont écoutée jusqu'au bout. L'espace d'une seconde, elle a atteint l'idéal de l'enseignement – Robin Williams dans *Le Cercle des poètes disparus*. Elle aurait pu en rester là, et préserver encore quelques secondes ce silence inédit, mais, trompée par un excès de confiance, elle ajoute la phrase de trop, qu'elle prononce d'une voix de tête, suraiguë, fragile, chevrotante d'émotion :

— Voilà à quoi ça peut servir la poésie. Ça peut servir à ne pas mourir de désespoir, à ne pas devenir fou, ça peut aider à vivre. Vous comprenez ?

Le rire rentré de Diego (il se mordait les lèvres pour l'empêcher d'éclater), a subitement chassé la grandeur, la beauté de cette histoire dont elle savait qu'elle les avait touchés.

Il lui est souvent arrivé, par la suite, d'entendre leurs murmures, leurs ricanements mesquins, dans les couloirs, sous la cage d'escalier, dans le rang chahuté qu'ils formaient devant sa salle de classe. Ils imitaient sa voix grêle. Ils ajoutaient même de la stupidité à cette voix, et des gestes grotesquement lyriques : le poing serré, les yeux écarquillés. « Non, mais c'est vrai quoi ! ça sauve des vies, la poésie ! » À chaque fois, leurs rires moqueurs ravivaient une douleur dont elle essayait de minimiser la force, comme si une petite écharde avait été fichée dans son doigt et qu'elle avait abandonné l'idée de la retirer, préférant vivre avec.

Cette histoire eut des conséquences, bien sûr. Elle en eut le cœur endurci. Comme elle détestait ses élèves ! Elle haïssait leur pauvreté, leurs vêtements, la misère de leur langage, de leur orthographe ! Leurs vacances dans des campings miteux, leurs projets qu'elle considérait minuscules, méprisables – faire une prépa pro, un CAP, devenir mécanicien ou coiffeuse. Sa rancœur toujours renouvelée ne se limita pas aux 3e F. Les 5e C, les 6e B, D, A, les 4e F, les 3e A en firent les frais, jusqu'à ce jour béni où on l'affecta dans un établissement tel qu'elle n'en concevait pas d'autre, un établissement où les élèves décrochaient leur bac avec mention et rêvaient d'être avocat, patron d'ONG, écrivain voyageur, comédien, éditeur, biologiste, chercheur.

*

Autour du porte-clés de la Twingo, Diego fixe une étiquette sur laquelle il écrit : *révision* + *couroi*. Elle se retient de lui indiquer qu'il manque un *r* et un *e* à courroie.

— On vous appelle quand c'est fini ?

Elle n'est pas très à l'aise à l'idée de lui laisser son numéro de portable ; elle le lui dicte cependant, dissimulant sa mauvaise grâce.

Au moment de passer la porte du garage, elle entend la voix de Diego dans son dos :

— Hé !

— Pardon ?

— Avouez…

— Avouer quoi ?

— Que vous m'aimiez pas beaucoup. Mais je suis sans rancune, hein.

Et alors qu'elle l'observe cligner de l'œil – toujours le même, le gauche – elle se demande si ce n'est pas un tic, un dysfonctionnement purement mécanique, et non ce qu'elle avait toujours pris pour un signe provocant ou aguicheur. Elle ne saurait dire, alors, pourquoi ce constat la rend triste.

DE LA MÊME AUTRICE

Au Mercure de France

LES BOURGEOISES, 2021 (Folio n° 7192)

LA DERNIÈRE FOIS QUE J'AI VU ADÈLE, 2019 (Folio n° 6906)

DANSER, 2016 (Folio n° 6309)

SACRÉE MARIE !, 2013

DÉJÀ L'AUTOMNE, 2012 (J'ai lu n° 10024)

NUITS DE NOCES, 2010 (J'ai lu n° 9452)